異域之華
——〈牡丹燈記〉與江戶文藝

蕭涵珍　著

臺灣學生書局印行

序

　　聽到蕭涵珍女士的首部著作《異域之華——〈牡丹燈記〉與江戶文藝》即將刊行，內心由衷歡喜。

　　蕭涵珍女士自台灣政治大學中文系碩士課程畢業後，於2005 年來到日本，在東京大學人文社會系研究科中國語中國文學專業課程中鑽研學習，2008 年完成碩士論文《李漁作品的兩面性：真情的重視與傳統禮教》。其後，對於秉受李漁作品影響的日本文學，特別是江戶文學抱持強烈的關心，2013 年以題名《李漁的創作及其受容》的學位論文取得文學博士學位。

　　明末清初文人李漁的作品流行於江戶時代的日本，並廣泛影響各類文學作品。例如，笠亭仙果的合卷《七組入子枕》是以李漁的白話小說《十二樓》中的若干故事為基礎創作而成。然而，一旦著手其研究，則將面臨諸多困難。「合卷」這個文類的作品，一則因故事架構龐大，人物與情節組成複雜，光是理解就不容易，加上是以當時的「崩し字」書寫，這個「崩し字」即使對現代的日本人而言都是很難解讀的，而用字遣詞也與現代日語相異，是江戶時代的日語。就拿《七組入子枕》來說，由於尚未整理為活字印刷體，除了閱讀當時的原文外別無他法。

　　蕭涵珍女士在中國文學科學習的同時，也就教於江戶時代歌舞伎的專家古井戶秀夫教授，精熟對日本人來說實屬不易的江戶

時代文獻的解讀方法。

　　本著作詳細探討明初瞿佑的文言小說集《剪燈新話》中的〈牡丹燈記〉對日本江戶時代各類文學的影響，論述的部分作品迄今尚未整理為活字印刷體，是蕭女士據原文逐字悉心解讀的成果。本書如實揭示〈牡丹燈記〉的影響範圍廣泛，從讀本、合卷乃至於歌舞伎，呈現猶如書名般百花撩亂的景況。

　　附帶一提，蕭女士以日文發表的論文曾刊載於日本江戶文學的專門學術期刊，其成果在日本研究者間亦受關注。

　　在祝賀本書刊行的同時，也期待以日文書寫的有關李漁及其日本影響的博士論文，經修訂添改後，能於不久的將來刊行中文本。

東京大學東洋文化研究所教授

大木康

二〇二一年十一月二十五日

《異域之華——〈牡丹燈記〉與江戶文藝》序

　　我與蕭涵珍博士的結緣要從十多年前說起。2003 年她在政治大學中國文學系碩士班就讀，想要研究「晚明的男色小說」。當時我正在從事明清艷情小說的文化史分析，系統地閱讀由陳慶浩、王秋桂所編輯的《思無邪匯寶》，撰寫《言不褻不笑：近代中國男性世界中的諧謔、情慾與身體》（台北：聯經，2016）的書稿。在我的朋友李心怡（當時就讀政大中文所博士班，並擔任我國科會計劃的助理）、黃夙慧的介紹下，我認識了涵珍，也同意擔任她的指導老師。她在我與陳良吉教授共同指導下撰寫碩士論文。有將近一年多的時間，我們一起閱讀了《宜春香質》與《弁而釵》兩部小說，逐字解讀故事內容，又討論分析方法與論文架構。我特別要求她在行文上的通順與分析上的縝密。涵珍於 2004 年 5 月順利通過論文口試，取得碩士學位。有一次中央大學的康來新教授邀約我去演講，我與涵珍一同前往，兩人對談明清艷情小說中的「男色」與「女色」，頗受同學的歡迎。

　　後來她想要去日本留學，剛巧東京大學東洋文化研究所的大木康教授來台訪問，我介紹涵珍與他認識。涵珍因而負笈東瀛，投入大木康先生的門下，在東大本鄉校區苦讀多年，得到紮實的

中、日文學史訓練。後來她以《李漁的創作及其受容》一題撰寫博士論文，取得東京大學的博士學位。

返台之後她一直在從事「中國文學的域外流傳」一課題的研究，並在學術期刊發表多篇有價值的論文。最近她將這些文章擴展為一本專書，我為她這十多年來在此領域內默默耕耘、開花結果而感到高興，並致祝賀之意。

涵珍主要研究日本江戶時代至當代，中國文學文本在日本的流傳與改寫。本書所特別關注的文本是來自明代瞿佑所著《剪燈新話》。《剪燈新話》的故事為「古今怪奇之事」，此書透過翻譯、改寫對日本文學產生重大的影響。從 1666 年淺井了意（1612-1691）以「假名草紙」（流行於 1600-1680 年間，一種多用假名而少漢字的書寫方式，便於給婦女、兒童說故事的文體）之形式所作的《伽婢子》（意指兒童遊戲之布製人偶，可以避邪）開始，作者改寫《剪燈新話》的故事，使之反映日本當時的城市生活，因而流傳甚廣。至 1776 年上田秋成的《雨月物語》再度以「讀本」體裁（一種以文字為主的俗文學）改寫《剪燈新話》，藉鬼怪故事講述人的慾望、衝突與恩恩怨怨，其中又摻入上田秋成本人的看法及日本文化的要素。此書也有廣大的讀者群。

涵珍在本書中的研究焦點是《剪燈新話》中〈牡丹燈記〉一則在日本的流傳。這一個故事近似於晉代干寶《搜神記》中〈鍾繇〉篇：寫一男子與美貌女鬼相戀的故事。故事敘述雙方初識時：「生於月下視之，韶顏稚齒，真國色也。神魂飄蕩，不能自抑，乃尾之而去，或先之，或後之」；「生與女攜手至家，極其歡暱，自以為巫山洛浦之遇，不是過也……生留之宿，態度妖妍，

詞氣婉媚，低幃昵枕，甚極歡愛。」

　　後男子經鄰人奉勸而醒悟，發現此一女子乃棺中女鬼，因而請法師協助驅離。不過男子卻不顧禁令，走訪女鬼。女鬼發現男子變心，責其薄倖，不願分離，乃挾持入棺，隨即封閉棺蓋而使其斃命。男子身亡後，兩人相擁俯仰於棺內。兩鬼身亡之時或有怨氣，又變成害人的妖怪，「遇之者輒得重疾，寒熱交作」，鄉人因請鐵冠道人施法馴服，責其罪狀，押赴地獄。

　　這個故事在中國因內容荒誕不經，「假託怪異之事，飾以無根之言」、「恐邪說異端，日新月盛，惑亂人心」而被禁，然而卻在東亞世界，如日本、韓國、越南等地廣泛流傳。一直到 1980 年代香港所拍攝的多部殭屍電影，如《暫時停止呼吸》等片的情節都源自這個人鬼戀的故事。日韓的一些殭屍電影也來自此一傳承。今日日文中「キョンシー」（僵屍）一語指死體妖怪，發音來自粵語，可能與此相關。

　　這個故事在日本江戶時代開始就經過日本作家多次「在地化」的模仿、改寫，改編了角色與場景，也增添了一些不同的文化因素，但大致維持原有的故事結構，因而膾炙人口。涵珍這本書的貢獻在於對〈牡丹燈記〉在日本文學界及戲劇界的長期流傳做了深入的研究，勾勒出中日文藝交相運用、反覆創新的複雜樣貌。

　　此一研究的難度很大。這主要因為其中有一些文本並沒有以現代印刷形式翻刻出版，研究者必須要能夠辨識書寫體的古日文，十分費時耗力。再者，這些文本多屬庶民文藝，又有許多插圖，分析者也須具備文本內容與圖像分析的能力。同時許多文本又被搬上舞台，成為劇場表演之戲目，故事內容同時承載了中日

文化因素，研究者必須熟稔兩國典故、歷史背景與戲劇表現等背景知識。這樣的研究在日本都少有人敢於挑戰，在台灣更是鳳毛麟角。

涵珍在本書之中，依時間先後將不同的文本與表演作十分細膩的分析，指出原作與改寫之間的情節與角色差距，也釐清了不同的改寫文本之間「錯綜複雜」的系譜。這些故事中展現了各式各樣的人鬼交錯的情感世界，也折射出人們的喜怒哀樂與最深層的對愛情的追求、對死亡的恐懼，與對正義的渴望（如勸善懲惡）。中日版本的差異也反映出各自的審美觀念與文化特色（如牡丹花的象徵意義、燈籠、骷髏、法師道士的角色等）。

我只舉一個簡單的例子說明中文版的〈牡丹燈記〉與三遊亭圓朝所改寫的《怪談牡丹燈籠》的不同。在〈牡丹燈記〉中，原版故事的主人公由於新近喪妻，受到一位美貌女鬼的誘惑，最後慘死。這個故事的道德教訓是人需要接受生命無常，而且不要被情欲所吞噬。在三遊亭圓朝的版本中，主人公為浪人新三郎，他與豪門千金阿露相戀，但兩人因背景差異無法成婚，後阿露去世，奶娘也死去。心灰意冷的新三郎卻在之後的晚上遇到了打著燈籠來看他的兩人，他們幾乎夜夜歡愉，直到鄰居家窺看屋內，發現新三郎和一具骷髏不斷親熱。後來，鄰居請來了和尚做法，使用符咒鎮住了兩個女鬼。但是之後鄰居因為阿露允給百兩黃金，背叛了新三郎，撕掉符咒，女鬼得以進入。第二天早上，新三郎暴斃而亡。這一個故事滿足了人們對超自然世界的想像，表現出對真實情感的憧憬，也反映了社會義務（日文稱為「義理」）與現實的對立。這一點和電影《心中天網島》（改編自近松門左衛門在 1721 年創作的故事，英譯名為 The Love Suicides at

Amijima）的情節有一點類似。

　　這些離奇的故事讓我想到一副新竹城隍廟前戲台兩邊的對聯：「唱有二個曰，曰喜怒曰哀樂，莫不曰自脣口；戲字半邊虛，虛功名，虛富貴，無非虛動干戈」。的確，戲曲來自人生，更映現人性中的情與欲、迷與悟等複雜的情感。喜怒哀樂的發舒與功名富貴的追求都是人生必須面對的問題。戲曲之中「實中有虛」、「虛中有實」，我希望讀者能在涵珍所呈現的中日文本流傳中體悟到豐富的有情世界。

中央研究院近代史研究所特聘研究員

黃克武

二〇二一年十二月六日

異域之華
──〈牡丹燈記〉與江戶文藝

目　次

緒 論

　　每逢炎炎夏日，歌舞伎[1]（Kabuki）劇場多會應景推出怪談故事，為觀眾帶來沁心透骨的寒意。與〈皿屋敷〉、〈四谷怪談〉並稱日本三大怪談的〈牡丹燈籠〉，是 7、8 月間常見的劇目。黑夜中，貌美無儔的千金小姐在手持牡丹燈籠的奶娘引領下，自黃泉國度造訪生死兩隔的戀人。迴盪在幽暗舞台的木屐聲響、明麗容顏驟變骷髏的駭人景象，直教人毛骨悚然、不寒而慄。有趣的是，上述經典場面實可溯及海洋彼端的中國文言小說〈牡丹燈記〉。事實上，當代熟悉的歌舞伎《怪異談牡丹燈籠》改寫自三遊亭圓朝（1839-1900）的落語[2]（Rakugo）《怪談牡丹燈籠》。圓朝的《怪談牡丹燈籠》參考淺井了意（1612-91）的假名草紙[3]（Kanazōshi）《伽婢子》〈牡丹燈籠〉。了意的〈牡丹燈籠〉則翻

---

[1]　歌舞伎：誕生於江戶時代的傳統藝能，包含音樂舞踊、表演技藝的古典演劇。

[2]　落語：大眾藝能之一。以滑稽為主的說話技藝，尾聲有收場噱頭。（日本大辞典刊行会編：《日本国語大辞典》第 20 卷，東京：小学館，1976，頁 262）

[3]　假名草紙：中世末期至近世元祿年間，盛行於當時，以假名書寫的物語、小說、實用書、啟蒙書等作品。（日本大辞典刊行会編：《日本国語大辞典》第 5 卷，1973，頁 34）

案[4]（Honan）自元末明初瞿佑（1341-1427）的《剪燈新話》〈牡丹燈記〉。足見，飄洋過海的中國文藝透過日本作家的翻譯改寫，不僅綻放嶄新的光華，更生根於異國，成為古典藝能的熱門演出。

《剪燈新話》傳入日本的痕跡，據澤田瑞穗的研究，最早見於禪僧景徐周麟（1440-1514）的詩文集《翰林葫蘆集》，書中載有文明 14 年（1482）讀〈鑑湖夜泛記〉後所作的七絕一首[5]。〈鑑湖夜泛記〉收錄於《剪燈新話》卷 4，單獨流傳或同名之作的可能性極低，故可推測本書最遲已於 15 世紀末傳入日本[6]。此外，澤田瑞穗亦指出禪僧策彥周良（1501-79）在入明記《策彥和尚初渡集》裡，提及天文 9 年（1540）10 月 15 日，在寧波購入《剪燈新話》、《剪燈餘話》兩作。料想翌年返國時，應一併帶回了日本，從而在五山禪林間廣泛流傳[7]。其後，朝鮮版《剪燈新話句解》於慶安 1 年（1648）由京都鶴屋町的仁左衛門翻印出版[8]，不僅普及《剪燈新話》的流傳，也開啟多元多樣的影響序幕。

《剪燈新話》〈牡丹燈記〉的翻案以 1666 年淺井了意的《伽婢子》〈牡丹燈籠〉為嚆矢，數百年間仿效之作層出不窮。根據

---

[4]　翻案：借用既有文藝作品的情節、內容，改動地名、人名、文化背景的創作方式。不同於中文的「推翻已成定案」之意。

[5]　參見太刀川清：《牡丹灯記の系譜》（東京：勉誠社，1998），頁 21。

[6]　參見李樹果：《日本讀本小說與明清小說》（天津：天津人民出版社，1998），頁 8。

[7]　參見太刀川清：《牡丹灯記の系譜》，頁 21。

[8]　參見太刀川清：《牡丹灯記の系譜》，頁 29。

前行研究成果[9]，可將主要作品簡單歸納如下：

年份	作者	類型	作品名
1666	淺井了意	假名草紙	《伽婢子》〈牡丹燈籠〉
1677	不明	假名草紙	《諸國百物語》〈牡丹堂女しうしんの事〉
1776	上田秋成	讀本	《雨月物語》〈吉備津之釜〉
1778	荒木田麗女	說話	《怪世談》〈浮草〉
1809	山東京傳	讀本	《浮牡丹全傳》
1809	四世鶴屋南北	歌舞伎	《阿國御前化粧鏡》
1810	山東京傳	合卷	《戲場花牡丹燈籠》
1861	三遊亭圓朝	落語	《怪談牡丹燈籠》
1892	三世河竹新七	歌舞伎	《怪異談牡丹燈籠》
1927	岡本綺堂	歌舞伎	《牡丹燈記》

可知〈牡丹燈記〉的故事以假名草紙、讀本[10]（Yomihon）、說話[11]（Setsuwa）、歌舞伎、合卷[12]（Gōkan）、落語的多種形式廣泛流傳，透過不同創作者的詮釋，呈現豐富的樣貌。

　　〈牡丹燈記〉對江戶文藝的廣泛影響，自然深受中日學者的關注。日本學界的前行成果聚焦於：①《剪燈新話》的韓刻本研

---

[9]　參見李樹果：《日本讀本小說與明清小說》、太刀川清：《牡丹灯記の系譜》。

[10]　讀本：江戶時代，以文字閱讀為中心的通俗文藝，與中國戲曲小說的關係密切。

[11]　說話：廣義上為神話、傳說、故事的總稱。（日本大辞典刊行会編：《日本国語大辞典》第 12 卷，1974，頁 53）

[12]　合卷：以圖像為中心的通俗文藝，是草雙紙（Kusazōshi）的一類。將草雙紙 5 葉 1 冊的形式擴充到 15-20 葉，以「合數卷為一冊」得名。

究、②《剪燈新話》的韓國影響研究、③《伽婢子》、《雨月物語》的影響研究、④落語《怪談牡丹燈籠》、歌舞伎《怪異談牡丹燈籠》研究。部分學者留心於：①《浮牡丹全傳》的影響研究、②歌舞伎《阿國御前化粧鏡》研究。論述多以典據考證為中心，著重故事構想的溯源，或論歌舞伎的舞台配置與演出效果。因取材詳盡、條理清晰，有助深化作品的理解，奠定後續研究的重要基礎。

華人學界的前行成果關注於：①《剪燈新話》的中日韓版本研究、②《剪燈新話》的韓國影響研究、③《剪燈新話》的越南影響研究、④《伽婢子》、《雨月物語》的影響研究。可知在17、18 世紀的江戶文藝上，華語學界已有若干深刻理解，且留心韓、越兩國作品，可認識不同文化背景的受容差異，提供後續研究更寬廣的視野。

然而，在 19 世紀的江戶文藝上，部分文本尚餘討論空間，若干關連作品仍待發掘探究。基於填補研究空缺的發想，本書的第一部分將以 19 世紀前期的作品為發端，論述〈牡丹燈記〉的影響及其衍生作品。

第一章「從《浮牡丹全傳》到《戲場花牡丹燈籠》」，關注山東京傳《浮牡丹全傳》、四世鶴屋南北《阿國御前化粧鏡》、山東京傳《戲場花牡丹燈籠》，介紹關係密切的三作如何吸收轉化〈牡丹燈記〉的要素，如何善用文體特徵展現別出心裁的作品魅力。第二章「歌舞伎《阿國御前化粧鏡》及其衍生作品」，關注夷福亭主人《天竺德兵衛韓噺》、尾上梅幸《御家のばけもの》。兩作以《阿國御前化粧鏡》的公演為依據，反映演出狀況，融合戲劇趣味，可供理解〈牡丹燈記〉相關作品的後續演變。第三章

「合卷《浮世一休廓問答》論析」，關注柳亭種彥《浮世一休廓問答》仿效〈牡丹燈記〉，借鏡一休故事的新意。尤其，留意與《浮牡丹全傳》、《阿國御前化粧鏡》的異同，考察影響關係，並探討作品的勸懲意圖，發掘《浮世一休廓問答》的創作巧思。

第二部分將延伸討論 19 世紀前期以外的相關作品，嘗試補充前述章節，建構更完整的受容系譜。第四章「合卷《假名反古一休草紙》論析」，連結第三章《浮世一休廓問答》，考察同樣借鏡一休故事的柳下亭種員、柳煙亭種久、柳水亭種清《假名反古一休草紙》。作品攝取豐富的中日典故，不僅呼應《阿國御前化粧鏡》的部分橋段，亦見〈牡丹燈記〉的影響痕跡，呈現近世文藝構成的多樣性。第五章「歌舞伎《阿國御前化粧鏡》的當代演出」，考察 1975 年 9 月的國立劇場公演《阿國御前化粧鏡》、2001 年 3 月的國立劇場公演《新世紀累化粧鏡》。前者由郡司正勝補綴監修；後者是今井豐茂的腳本。兩劇在〈牡丹燈記〉的情節運用上各有刪添，可銜接第二章《阿國御前化粧鏡》的合卷研究，建構 19 世紀至 21 世紀的傳承與變化脈絡。

鑑於諸多文本迄今未經翻刻[13]（Honkoku），維持以「崩し字[14]（Kuzushiji）」書寫的原貌，筆者將從文獻解讀著手，彙整故事內容，介紹作品梗概。其次，針對各章節的論述需求，進行典據考證、情節與角色分析、圖像解讀、相關作品比較。期望透過不同角度的分析，進一步完善〈牡丹燈記〉的受容研究，開拓對 19 世紀東亞文化交流的理解。

---

[13] 翻刻：將以「崩し字」書寫的文獻整理成易於閱讀的現代字體。

[14] 崩し字：非楷書體的手寫字體。江戶時代的通俗文藝多以「崩し字」書寫而成。

　　最後，在進入主要篇章前，簡單介紹《剪燈新話》〈牡丹燈記〉的梗概：

　　元朝至正 20 年（1360），寧波府鎮明嶺下的喬生因初喪妻室，未往觀賞元宵燈火，倚門佇立。深夜，見一侍女金蓮手持雙頭牡丹燈籠引領美女符麗卿經過。喬生情不自禁，尾隨在後。符麗卿回顧搭話，喬生邀請返家，兩人結締情緣，甚極歡愛。自此約莫半月，符麗卿與金蓮每夜造訪，天明辭別。

　　鄰翁心生疑惑，一夜偷窺，見喬生與粉骷髏並坐談笑。翌日，告誡喬生宜避禍事。喬生前往湖西，訪尋符麗卿居所，未有所獲。入湖心寺歇憩，偶見符麗卿靈柩與雙頭牡丹燈籠，燈下的明器婢子寫有金蓮二字。喬生頓感毛骨悚然，在鄰翁的建議下，求助玄妙觀魏法師，取得朱符二道，張貼於門口、榻側，符麗卿與金蓮遂不再來訪。

　　一個月後，喬生訪友歸途，路經湖心寺，再遇金蓮。金蓮攜喬生入內見符麗卿。符麗卿責怪喬生薄倖，痛陳怨恨，將其拉入靈柩，相擁而亡。此後，凡陰雨月黑之際，即見金蓮手持牡丹燈籠在前，喬生與符麗卿攜手隨行，遇者輒患重病。鄉里不堪其擾，聽從魏法師的建議，委請四明山頂的鐵冠道人協助除妖。鐵冠道人下山結壇，焚燒符咒，召喚符吏押解喬生三人審問，依其供詞，苛責罪狀，押赴地獄。

第一章　從《浮牡丹全傳》
到《戲場花牡丹燈籠》

一、緒論

　　瞿佑《剪燈新話》〈牡丹燈記〉為江戶文藝的創作帶來廣泛的影響。其中，19 世紀初的三部作品——山東京傳《浮牡丹全傳》（1809）、四世鶴屋南北《阿國御前化粧鏡》（1809）、山東京傳《戲場花牡丹燈籠》（1810），借鏡〈牡丹燈記〉的情節要素，推陳出新，各具特色。可惜或因：①〈牡丹燈記〉情節的模仿並非作品重心、②《浮牡丹全傳》為未完之作，難以掌握全書樣貌、③《阿國御前化粧鏡》自 19 世紀中葉後鮮少上演，逐漸退出觀眾視野，不若《怪異談牡丹燈籠》著名、④《戲場花牡丹燈籠》相對冷門，較少受到關注。

　　然而，三作分屬讀本、歌舞伎、合卷的不同類型，涵括文字、圖像與表演藝術，對於理解 19 世紀前期〈牡丹燈記〉的受容樣貌深有助益。是以，本章將聚焦《浮牡丹全傳》、《阿國御前化粧鏡》、《戲場花牡丹燈籠》，依序釐清故事特徵、角色塑造、圖像呈現，研討作者的創作意圖、作品的受眾差異。

二、讀本《浮牡丹全傳》論析

（一）故事梗概

　　山東京傳（1761-1816）的讀本《浮牡丹全傳》出版於文化 6 年（1809），凡 3 卷 4 冊。在全書小引中記載，「賴風、女郎花之事雖未見於正史，卻舊有草紙《女郎花物語》流傳。以〈牡丹燈記〉附會之，成此一回[1]」，揭示對〈牡丹燈記〉情節的融和與再創[2]。作品描述：

　　室町時代（1336-1573），武士浪人大鳥嵯峨右衛門，與手下鳩八、堂九郎前往妖怪出沒的伯州（鳥取縣）拈華寺，意圖掃盡邪祟，獲取官祿。無奈妖怪數量眾多，只好先行撤退。消息傳出後，熟習六韜三略的鄉士瑤島豹太夫攜家僕石生團七前往探查，偶然發現平安後期的百鬼夜行圖卷。經嵯峨右衛門確認，圖卷上的鬼怪與夜間所見無二。豹太夫推測是古畫成精，危害世人，與嵯峨右衛門一同燒毀圖卷。

　　兩人合力消滅妖怪的消息廣為流傳，國守[3]名和左衛門長知決

---

[1]　山東京傳：《浮牡丹全傳》（東京：ぺりかん社，2003），頁 16。原文：賴風女郎花の事は正史に見えざれども、女郎花物語と云草紙おのづから旧伝れり。これに牡丹灯記を附会して一回をなせり。

[2]　德田武在〈《浮牡丹全傳》解題〉（《山東京伝全集》第 17 卷，2003，頁 648）中指出，小野賴風與女郎花姬的故事並非出自京傳在〈小引〉提到的《女郎花物語》，而是根據謠曲《女郎花》、《滑稽雜談》14〈女郎花〉的小野賴風譚。

[3]　國守：地方行政長官。（日本大辞典刊行会編：《日本国語大辞典》第 8 卷，東京：小学館，1974，頁 18）

定邀請兩人任官。不巧，豹太夫的家僕石生團七在酒醉下砍傷嵯峨右衛門的手下。渴望獨佔寵信的嵯峨右衛門借題發揮，要求與豹太夫決鬥，卻遭豹太夫察知弱點，落荒而逃。豹太夫接受國守延攬，獲賜千手院力王之刀。

　　另一方面，豹太郎之子礒之丞與家僕弓助遠赴京都求學。盂蘭盆節的夜晚，礒之丞於寺院賞燈，遇見手持牡丹燈籠的女童。女童因與同伴走散，不敢獨自返家，央求礒之丞同行相送。礒之丞隨女童返回富麗堂皇的宅邸，對幽居此地的女郎花姬一見鍾情，女郎花姬亦對礒之丞傾心不已。兩人互訴衷情，攜雲握雨。此後，礒之丞頻繁造訪，身形日益消瘦。弓助心生疑竇，暗中尾隨，發現礒之丞在殘破的宅邸裡，與骷髏談笑風生。礒之丞返家後，弓助告知異狀。是夜，女郎花姬現身礒之丞夢中，訴說宿世因緣並鄭重辭別。感觸良多的礒之丞萌生歸鄉之念，適巧接獲父親的任官通知，決定儘速返回伯州。

　　翌年春天，豹太夫奉命護送名和家的珍寶「浮牡丹香爐」前往京都，以供足利義政將軍展示於銀閣寺。嵯峨右衛門獲悉此事，埋伏途中，殺死豹太夫，奪走香爐。作為失職的懲罰，國守令豹太夫的遺孀及兒女離開伯州，並沒收其家產。礒之丞奉母命與弓助上京探尋嵯峨右衛門的行蹤，希望奪回香爐，為父報仇。豹太夫遺孀及女兒八重垣投靠昔日侍女水草。生活困苦的水草竭力奉養主人，雖一度捲入擅捕天橋立鱗魚的爭議，但在亡夫與三的幽靈現身澄清後，洗盡罪嫌、證其忠義。

　　以上是現存 4 冊為止的內容。據京傳在卷 3 末頁的記載，《浮牡丹全傳》「全九冊，因著述遲滯，延誤出版，故書肆先以四冊為

前帙，乞求發售[4]」。後帙預定講述，「礒之丞與弓助扮為行腳僧，前往飛驒國，探訪嵯峨右衛門的下落。弓助於神通川的流籠中偶遇堂九郎。堂九郎拐殺弓助，搶奪金錢。妖怪窮奇取回金錢，交予礒之丞。幽靈弓助告知嵯峨右衛門去向。礒之丞前往越中國之事[5]」，以及「礒之丞經蛤蜊觀音告知，與女郎花姬的轉生重逢，破鏡重圓之事[6]」。

（二）內容特徵：異談奇說

誠如《浮牡丹全傳》自敘所言，「甚哉世人之好奇也，不啻偽筆贋窰以奪人之目睛，遂至有以桃李梅杏之花養之於窖中烘火而促其信先時以出之，以使人喫一驚者。……今春予有所拠以撰浮牡丹全伝者。始其起草也，書肆鳳來堂，早認以為己之有。時時來促之，亦好奇之事也[7]」，京傳應世人好奇，作成此書。故事以瑤島礒之丞為父報仇為主線，融合百鬼夜行、賴風女郎花、牡丹燈籠、妖獸窮奇、蛤蜊觀音等多樣的怪異傳說，並寄寓勸懲之意。

4　山東京傳：《浮牡丹全傳》，頁 135。原文：（此稱史、）全部九冊なれども、著述遲滯して、發兒のときにおくるゝにより、書肆且四冊を刻し前帙となして、發兒せんことを乞。

5　山東京傳：《浮牡丹全傳》，頁 135。原文：礒之丞弓助とともに、旅虛無僧となりて飛驒国に倒り、嵯峨右衛門がゆくへをたづね。弓助神通川の籃渡の籃の裏に有て堂九郎に出会、堂九郎弓助を欺打にして金を奪ふ、窮奇其金を取かへして礒之丞に与ふ、弓助が靈魂嵯峨右衛門が行方を告る、礒之丞越中国に赴事。

6　山東京傳：《浮牡丹全傳》，頁 136。原文：礒之丞蛤蜊観音の告によりて、女郎花姬の再生にあふ、貝合の貝の事。

7　山東京傳：《浮牡丹全傳》，頁 11。

其中，礒之丞與女郎花姬的故事沿襲謠曲《女郎花》，融入〈牡丹燈記〉的幽靈物語[8]，以京傳細膩的筆觸，勾勒出優雅淒清的宿命愛情。然而，若就全書脈絡來看，此段故事無益情節推動，更似異譚插曲，延續了淺井了意《伽婢子》〈牡丹燈籠〉的怪異小說風格。

　　山東京傳自寬政 3 年（1791）觸犯出版禁令遭受責罰後，放棄書寫嬉笑怒罵的洒落本[9]（Syarebon），投入讀本、合卷、隨筆的創作領域。Donald Keene 指出，「讀本多受《水滸傳》、怪談鬼話等中國白話小說的觸發，其雜揉國學者風格的雅文與反映中國典故的譬喻，即雅俗混淆、和漢折衷的文體，是明顯迥異於其他小說的特徵[10]」。作為讀本的《浮牡丹全傳》在內容和文字表現上，亦展現高度知性與學養，和風與漢味的巧妙結合。是以，礒之丞與女郎花姬的故事裡，不僅有謠曲《女郎花》的「花草繁盛，美若蜀錦連併。桂林拂雨，音似松風和調[11]」，也有白居易的漢詩《戲題木蘭花》「木蘭曾作女郎來」，更引用了張文成《遊仙窟》、巫山神女、昭君和番的典故。此外，第 3 回的「附身嵯峨右衛門之災神將成何事，且閱後卷內容[12]」，明顯受到白話小說「欲知後事如

8　清水正男在〈《浮牡丹全伝》をめぐって〉（《文学研究》50，1979，頁95）指出，本段內容主要以謠曲《女郎花》附會〈牡丹燈記〉。

9　洒落本：江戶時代中後期的小說類型。以花街遊興為主要題材。

10　參見 Donald Keene 著，德岡孝夫譯：《日本文学史 近世篇三》（東京：中央公論社，2011），頁 88-89。

11　山東京傳：《浮牡丹全傳》，頁 71。原文：野草花をおびて蜀錦をつらね、桂林雨をはらつて松風をしらぶ。德田武在〈《浮牡丹全傳》解題〉（頁648）中指出本段詩文取自謠曲《女郎花》。

12　山東京傳：《浮牡丹全傳》，頁 84。原文：嵯峨右衛門につきたる災の神は、如何なる事をかなすらん、後／＼の巻を読得て知べきなり。

何，且聽下回分解」的慣用語影響。京傳的旁徵博引，昭示了自身文學趣味與才華，反映出讀本一貫的書寫特徵。

　　另一方面，在小引中，京傳詳細記載了作品的參考資料，「義婦魂魄附身魚鱉之事，見於續因果物語[13]」、「蛤蠣觀音之利益詳見觀音感應傳。觀音經幻化為蛇一事，宇治拾遺既有成例[14]」。同時，內文收錄「浮牡丹香爐圖浮牡丹沉牡丹考」，細論浮牡丹、沉牡丹同為青瓷的一種，廣泛應用於各類器物。參考文獻的列舉、考證資料的刊載，是此期讀本常見的形貌，揭露出作者廣泛閱讀、悉心考證、細膩統整的創作過程。多方取材的作法，不僅帶有炫才誇奇的意圖，也隱含京傳在《浮牡丹全傳》書寫上的講究。

　　據曲亭馬琴（1767-1848）《近世物之本江戶作者部類》記載，「此先文化三年，四谷塩町租書店主住吉屋政五郎向曲亭請稿，刊行《盆石皿山之記》，翌年刊行《括頭巾縮緬紙衣》，俱獲好評，兩書合計售出九百部。此時，政五郎思揣：『曲亭之作尚且獲利如是。今亦向山東請稿，若能刊行其作，必得三倍之利』。一日，拜訪山東，說明來意，請託文稿。京傳欣然應允，稱必起稿。……文化四年春，稍得發行，其書為《浮牡丹》〔四卷〕是也。書籍形制盡任作者喜好，雖為半紙本卻削減橫幅如唐本[15]，裁紙耗費不

13　山東京傳：《浮牡丹全傳》，頁16。原文：義婦の魂魄魚鱉に還着せし事は、続因果物語に見ゆ。

14　山東京傳：《浮牡丹全傳》，頁16。原文：蛤蜊観音の利益は観音感応伝に詳なり。観音経蛇に化す事は、宇治拾遺に例あり。

15　德田武在曲亭馬琴《近世物之本江戶作者部類》（東京：岩波書店，2014，頁187）註解中指出，半紙本的橫幅約16公分，唐本則多為15公分前後。

寡。封套亦如唐本書帙，圖像細緻，雕刻亦下重本[16]」，可知書商對《浮牡丹全傳》的出版寄予厚望，順應京傳的構想在裝訂、插圖上投注大量心力。由書籍形制仿效唐本的作法看來，京傳試圖提昇書籍的格調與價值，使其向舶載而來的高級書物靠攏。然而，書籍成本的增加導致「售價高於往例，租書店不願購買，僅售出五十部，其餘八百五十部盡皆滯銷[17]」，住吉屋政五郎宣告破產，《浮牡丹全傳》後帙也喪失問世機會。京傳的創新忽略了書籍製作成本與通俗文藝的讀者取向，無奈以失敗告終，但雜揉〈牡丹燈記〉旨趣的創作手法深為時人肯定，更成為鶴屋南北著手將讀本舞台化的嘗試之一。

（三）角色塑造：宿世因緣

《浮牡丹全傳》以宿世因緣詮釋礒之丞與女郎花姬的情緣。礒之丞由弓助口中得知女郎花姬身分可疑後，女郎花姬趁夜造訪，淚眼婆娑地自陳身世。從「妾於人世之時，為君之妻也；君之前生，乃妾之夫也。五十一代平城天皇之世，人稱小野賴風者即君之前生，女郎花則係臣妾。妾為君妻，同住於京，夫婦和睦。然君以薊為妾，薊憎臣妾，屢讒於君，遂使君情日疏，禁妾於志水別業，唯侍女三人相伴，音信渺茫。後君以薊為正室，妾聞此事，難禁妒恨，自沉放生川而亡[18]」、「又君與妾之前前生，君乃牝貓，

16　曲亭馬琴：《近世物之本江戶作者部類》，頁 185-188。

17　曲亭馬琴：《近世物之本江戶作者部類》，頁 188。

18　山東京傳：《浮牡丹全傳》，頁 76。原文：妾婆婆に在しときはおん身の妻なり。おん身は前生にて妾が夫なり。人皇五十一代平城天皇の御時に、小野賴風といひし人は則おん身の前生にて、女郎花といひし女は

妾乃牡貓，同飼於攝州天王寺僧。君常護經典，阻鼠囓食，死後雕其像於山門欄柵間，即所謂貓門也。因其功德，轉生男子，以為賴風。妾常往來俗家，多食魚肉，污毀佛具，以此罪孽，轉生女子，以為女郎花，因非命之死，長蒙苦惱，遑論成佛，縱思轉世亦不可得[19]」的台詞可知，兩人因緣糾纏數世，情緣深厚。

　　儘管礒之丞與女郎花姬的前世不乏情感糾葛、負心背義，但相隔百年的重逢不為復仇奪命，實是相思之情。因此別離之際，女郎花姬特意提及，「待客酒餚乃志水正法寺臣妾靈前供養之水蓮飯之屬，盡皆清潔之物[20]」，毫無加害之意。且因「罪障已銷，得脫地獄，近日將轉生女子，重返人世[21]」，預告兩人將再結夫妻之

　　妾が妻なり。妾御身の妻となり京に住て、夫婦なかむつましく連そひけるに、おん身薊といふ嬰女を召仕給ひ、其女妾を憎みて、さまざま讒言をきこえしゆゑに、おん身妾をうとみ給ひて、志水なる別業に押篭給ひ、唯三人の侍女のみをつけおき給ひて、音信だにしたまはず、つひに薊を本妻となしたまふ。妾其妻を聞てねたさうらめしさにたへず、放生川のすゑに身をなげて死しをはんぬ。

19　山東京傳：《浮牡丹全傳》，頁 78。原文：又御身と妾が前々生は、おん身は牝貓、妾は牡貓にて、共に攝州天王寺の僧坊に養れしが、おん身は常に經蔵を護て、經卷を食ふ鼠を制したまひしにより、死後其像を刻て山門の欄間におく、貓の門といふは是なり。其功德によりて人間に生をかへ男子となり、賴風と生れ給ふ。妾は常に俗家に往来して魚肉を食、佛具を穢せし罪によりて女となり、女郎花と生れて非業に死し、ながく苦惱をうけ成佛は更なり、再人間にすら生るゝ事を得ず。

20　山東京傳：《浮牡丹全傳》，頁 77-78。原文：酒肴となしてすゝめまゐらせたるは、志水の正法寺に於て、妾が靈にそなへたる手向の水蓮の飯のたぐひにて、すべて清き物なり。

21　山東京傳：《浮牡丹全傳》，頁 78。原文：已に罪障を滅し、時到りて地獄を脱れ、近きうちに再女に生れて、娑婆に出はべるなり。

緣，並以一枚貝殼作為再會的憑證。這段由牡丹燈籠牽繫的情緣，縱使陰陽兩隔、人鬼殊途，卻不啻為一段淒美奇幻的愛情故事。

　　礒之丞與女郎花姬的戀情發展雖與原作截然迥異，卻不乏參照《伽婢子》〈牡丹燈籠〉的痕跡。礒之丞在盂蘭盆節的夜晚，偶遇女童請求「今宵為迎靈之故參訪墓地，途中與友伴失散，年齒尚幼，夜路總感駭懼，雖悉歸徑，唯恐獨返。能否勞君伴妾歸家[22]」，與〈牡丹燈籠〉裡，彌子向荻原新之丞提出的「不覺夜深，歸途駭懼，能否送妾一程[23]」，十分相似。弓助偷窺礒之丞與骸骨並肩而坐，「礒之丞說話，骷髏便手舞足蹈，頭蓋骨頻頻點頭，從疑是口處出聲說話[24]」，與〈牡丹燈籠〉裡，鄰人窺見新之丞與骷髏對座燈下，「荻原說話，白骨便手舞足蹈，頭蓋骨頻頻點頭，從疑是口處出聲說話[25]」，如出一轍[26]。此外，手持牡丹燈籠的女童

22　山東京傳：《浮牡丹全傳》，頁 67。原文：今宵靈迎の為其墓にまうでつるに、途中にて具したる人を見失ひ、幼身の夜道なれば何となく物おそろしうて、道の案内はしりながら、独飯るになやみ候。こひねがはくは君妾をともなひて、住家に送りたまはるまじや。

23　淺井了意：《伽婢子》卷 3（早稻田大學圖書館藏本，1699），第 11 葉左側。原文：そゞろに夜ふけがた、帰る道だにすさまじや。をくりて給かし。

24　山東京傳：《浮牡丹全傳》，頁 71。原文：磯之丞何やらんものいへば、骸骨手足うごき髑髏うなづきて、口とおぼしき所よりこゑひびきいで物語す。

25　淺井了意：《伽婢子》卷 3，第 14 葉右側。原文：萩原ものいへば、かの白骨手あしうごき髑髏うなづきて、口とおぼしき所より声ひびき出て物がたりす。

是女郎花姬昔日喜愛的人偶精魂，源自「伽婢子」係指「孩童的避邪人偶」。顯見，京傳在《浮牡丹全傳》創作上確實受到淺井了意的影響。

（四）圖像呈現：誇奇炫才

《浮牡丹全傳》的圖像大抵可分為三種類型：目次插圖、卷首插圖、正文插圖。目次插圖（圖1）凡12幅，分別置於每回標目上方。據京傳所示，「此書摘王厚之漢晉印章圖譜、顧氏印藪、秦漢印統、宣和集古印史之印鈕式，摹寫而冠目次，以為回號。每回之標名，則集溫庭筠、羅隱詠牡丹句[27]」。其中，礒之丞與女郎花姬的故事記載於「辟邪鈕号 第三回 欲綻似含雙靨笑，正繁疑有一聲歌[28]」。辟邪，乃似獅類虎的瑞獸，多見於陵墓石雕，隱約呼應女郎花姬的亡者身分。「正繁疑有一聲歌」的音樂性，勉強附會女郎花姬撫琴接待礒之丞的橋段。但若細究其餘篇章，描述嵯峨右衛門與豹太夫合力銷毀百鬼圖的「龜鈕号 第一回 水漾晴紅壓疊波，曉來金粉覆蔘莎[29]」、嵯峨右衛門與豹太夫一決生死的「梟鈕号 第二回 裁成艷思偏應巧，分得春光數最多[30]」，回號、標名與內容間的不和諧感依舊昭然若揭。京傳此舉，或藉印鈕篆刻一

---

[26] 太刀川清在《牡丹灯記の系譜》（東京：勉誠社，1998，頁109-100）中指出，弓助尾隨礒之丞目睹詭異景象的描寫，借鏡自《伽婢子》〈牡丹燈籠〉。

[27] 山東京傳：《浮牡丹全傳》，頁12。

[28] 山東京傳：《浮牡丹全傳》，頁13。

[29] 山東京傳：《浮牡丹全傳》，頁12。

[30] 山東京傳：《浮牡丹全傳》，頁13。

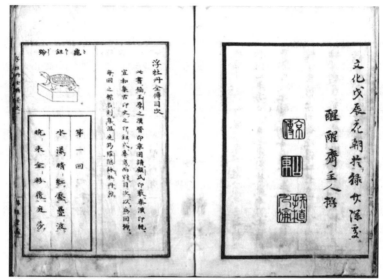

圖 1　山東京傳《浮牡丹全傳》卷首插圖第 2 葉左側第 3 葉右側
（早稻田大學圖書館藏）

新讀者耳目、展現豐富知識性，或與「其性好古書畫、古器物，
欲究兩百年來風俗書畫、古器，勤閱和書隨筆，經年抄錄，學問
頗有進展。自是，亦有古書畫、古器鑑定之邀約[31]」的經歷相關，
意圖摻入自身愛好與專長[32]。

　　卷首插圖凡 13 幅，描繪各類奇異詭譎的場景。「鍾馗令馳惡
魔圖」、「地獄變相餓鬼道圖」、「伯州船上山古寺之怪」、「窮奇

---

[31]　曲亭馬琴：《伊波伝毛乃記》（東京：岩波書店，2014），頁 316。原文：
　　其性古書画・古器物を愛するをもて、二百年来の風俗書画、古器等の
　　うへを考究んと欲りし、勉めて和書雜籍を読て、抄錄年を累しかば、
　　其學問頗進めり。よりて古書画・古器物の鑑定を請ふものもありけり。

[32]　德田武在〈《浮牡丹全傳》解題〉（頁 642）中指出，京傳對印紐圖的認
　　識或受篆刻家胞弟山東京山的影響。

圖」，形形色色的鬼怪幽靈躍然紙面，儼然是一部妖怪圖卷[33]。然而，仔細檢閱卷首圖像，不難發現磧之丞與女郎花姬的初識（圖2）明顯不符內文。在題有「小野賴風之妾薊之怨靈」的圖像中，幽靈女郎花姬跟隨持燈女童偶遇磧之丞，畫面上方則有賴風妾室面貌猙獰的俯視，對照磧之丞護送女童返家，結識女郎花姬的情節，不免令人心生疑惑。圖文相違的起因恐與《浮牡丹全傳》的成書狀況密切相關，據悉「京傳下筆本緩，此時因常訪吉原彌八玉屋遊女白玉，時隔一年，無以應住吉屋之催促。京傳深感愧疚，雖未抵定全作旨趣，先由卷首插圖製稿，逐一交付住吉屋，言明

圖2　山東京傳《浮牡丹全傳》卷首插圖第 13 葉左側第 14 葉右側
（早稻田大學圖書館藏）

---

[33] 關於京傳對〈百鬼夜行圖〉的受容詳見鈴木重三〈京伝と絵画〉（《近世文芸》13，1967），頁 50-72。

『煩請歌川豐廣描繪卷首插圖。待底稿完成之際，繳交原稿』[34]」。
創作階段的差異導致內容與卷首插圖的乖違，雖不無缺憾之處，
卻可藉此得知京傳在構想之初保留著更多原著色彩。

　　內文插圖凡 17 幅，與牡丹燈籠情節相關者共 3 幅，分別描繪
礒之丞初識女郎花姬、弓助窺見鬼怪真相（圖 3）、女郎花姬墓塚。
其中，前 2 幅插圖的構造極為相似，且裝訂為前後葉，讀者在翻
閱作品時，亦能體會美人忽作骸骨、別館立成荒寺的震撼，可謂
一大巧思。橫山泰子則指出，前幅插圖題為「瑤島礒之丞會見幽

圖 3　山東京傳《浮牡丹全傳》第 7 葉左側第 8 葉右側
（早稻田大學圖書館藏）

34　參見曲亭馬琴：《近世物之本江戶作者部類》，頁 186。德田武在〈《浮牡
　　丹全傳》解題〉（頁 640-641）中引用相同記述說明部分卷首插圖未能對
　　應前帙內容，成為後帙情節預告的原因。

冥之人[35]」，勾勒出礒之丞眼中優雅華美的景致；後幅插圖題為「礒之丞家僕弓助所見之繪[36]」，將陰森醜惡的真相揭露於讀者眼前，相鄰的圖像展現了不同視角的轉換趣味[37]。古井戶秀夫認為，四世鶴屋南北《阿國御前化粧鏡》即是將插圖的趣味如實舞台化的嘗試[38]。

三、歌舞伎《阿國御前化粧鏡》論析

（一）故事梗概

四世鶴屋南北（1755-1829）的歌舞伎《阿國御前化粧鏡》首演於文化 6 年 6 月 11 日的江戶森田座。據山東京傳的合卷《戲場花牡丹燈籠》記載，「今春，余翻案〈牡丹燈記〉，編作《浮牡丹全傳》讀本四冊，業已問世。今歲夏季六月，尾上三朝之狂言以牡丹燈籠為旨趣，獲古今罕見之好評，觀客群集[39]」，雖未確切指陳鶴屋南北參照自身讀本，但明示「今春」、「今歲夏季六月」的

---

35 山東京傳：《浮牡丹全傳》，頁 72。原文：瑤島礒之丞、幽冥の人に会す。

36 山東京傳：《浮牡丹全傳》，頁 75。原文：礒之丞が家僕弓助が目にみゆるところを𛀀がく。

37 參見橫山泰子：《江戶東京の怪談文化の成立と変遷：19 世紀を中心に》（東京：国際基督教大学比較文化研究科博士論文，1994），頁 124-125。

38 參見古井戶秀夫：《評伝 鶴屋南北》第 1 卷（東京：白水社，2018），頁 770。

39 山東京傳：《戲場花牡丹燈籠》，《山東京伝全集》第 9 卷（東京：ペリカン社，2006），頁 66。原文：此春やつがれ牡丹灯の記を翻案して、浮牡丹全伝といふ読本四冊を編して已に世におこなふ。今歳夏六月、尾上三朝が狂言に牡丹灯を趣向とし古今まれなる大当りにて見物群集をなし。

時間差距，不無揭露兩作關連性的意圖[40]。《阿國御前化粧鏡》凡
7 幕，故事內容可分為兩大部分，前者以京都、奈良為舞台，後
者發生於商業都市大阪。作品描述：

室町時代，赤松滿祐的家臣小栗宗丹咒殺佐佐木賴賢與正
室。那伽犀那尊者傳授滿祐之子天竺德兵衛蝦蟇妖術，慫恿德兵
衛叛變奪權。忠臣狩野四郎次郎元信為取得輔佐幼主豐若所需的
家系圖，假意親近賴賢側室阿國御前[41]，並在得手後揚長而去。
阿國御前暫居舊僕世繼瀨平的住所，相思成疾，偶然取得元信寄
給友人名古屋山三的密信，得知受騙真相及元信與賴賢妻妹銀杏
的婚訊，怒不可抑，憤恨而終。

不久，佐佐木家舊臣紛紛倒戈駿河前司[42]久國，元信只好攜
幼主、銀杏及家系圖逃亡。一日，元信為躲避追兵，將家系圖藏
於元興寺地藏堂前的牡丹燈籠裡。未料，一名侍女自稱受燈籠所
有者所託前來取回燈籠。無法告知原委的元信，向侍女懇求借宿，
卻意外闖入阿國御前的宅邸。阿國御前以家系圖及幼主安危要脅
重修舊好。元信勉強應承，銀杏則遭驅趕，決意赴死。此時，手
下土佐又平突然現身，並從包袱巾中取出一座佛像，映照阿國御
前。宅邸瞬間化作荒寺，侍女一變為異形，阿國御前的身影消失
無蹤，徒留髑髏一具。

---

40 參見郡司正勝：〈《阿国御前化粧鏡》解說〉，《鶴屋南北全集》第 1 卷（東
京：三一書房，1971），頁 491。

41 阿國御前：並非大名在江戶的正室，而是在領地的側室。（古井戶秀夫：
《評伝 鶴屋南北》第 1 卷，頁 464）

42 前司：前任國守。（日本大辞典刊行会編：《日本国語大辞典》第 12 卷，
1974，頁 133）

　　另一方面，德兵衛與惡僧夜叉丸聯手，前者假扮將軍使者不破伴左衛門，後者偽裝盲人樂師，造訪名古屋山三宅邸，企圖騙取寶刀「飛龍丸」。山三妻子葛城佯稱對使者一見傾心，假意親近，截斷小指以鮮血破解德兵衛的妖術。功虧一簣的德兵衛自傷而死，夜叉丸趁亂逃脫。

　　故事進入第二部分。狩野元信患病療養，土佐又平與伯父木津川与右衛門互換姓名，落腳大阪尋找佐佐木家寶物「月之御判」、「鯉魚一軸」，並將幼主交託藝人藤六之妹阿金（おかね）照顧。一日，又平與當鋪夥計討論「鯉魚一軸」的取贖，藤六前來索要托育津貼。商人羽生屋助四郎假意代墊十兩，趁機以吹火管偷換「鯉魚一軸」。其後，又平妻子藝妓累為籌款助夫，在店主妙林的湊合下，決定委身助四郎。突然，寄放在妙林家的阿國御前骷髏吸附累的臉龐，取下骷髏後，姿容清麗的累一變為面目全非的醜婦。累受阿國御前亡靈的影響，對元信之妹繪合假扮的藝伎小三與又平的關係心生懷疑，手持鐮刀追殺小三，最終死於又平之手。混亂中，裝有幼主的錢箱落水，累的亡靈現身援救。

　　故事尾聲，又平因殺人嫌疑受到追查，与右衛門以本名代為受罰。累的亡靈於夜半現身，將幼主與「月之御判」交託小三，並告知「鯉魚一軸」的下落。又平赴木津川口與助四郎爭奪「鯉魚一軸」，畫軸落水，鯉魚游出，同伴金五郎以配刀刺穿魚眼，順利復原畫作。

（二）內容特徵：御家騷動物

　　《阿國御前化粧鏡》以佐佐木家的權力鬥爭為主題，連結赤松正則顛覆天下的企圖，是日本戲劇中的「御家騷動物（Oiesoudou mono）」。御家騷動物，係指「以大名或大旗本家中，奸臣惡婦企圖奪權，忠臣恪守正道，竭力對抗下，引發的一連串曲折為題材的劇本總稱[43]」，是元祿時代（1688-1704）以來熱門的戲劇類型。其中，赤松正則的相關情節挪借自「天竺德兵衛」的故事。

　　天竺德兵衛（1612-不詳）原是角倉與市的船夫，於寬永 10 年（1633）遠赴印度，其後數度往來日印之間。對於當時的知識份子來說，天竺德兵衛的名字往往與妖術相連，被刻畫為邪惡的謀反者[44]。寶曆 7 年（1757），並木正三（1730-73）的歌舞伎《天竺德兵衛聞書往來》便將德兵衛與操控蝦蟇之術的七草四郎連結，塑造為伺機傾覆日本的逆賊[45]。文化 1 年（1804），鶴屋南北的歌舞伎《天竺德兵衛韓噺》，描寫朝鮮國王的臣下木曾官為報日本侵略之仇，遠渡重洋，改名吉岡宗觀，意圖顛覆足利幕府政權。計謀失敗後，宗觀傳授隱形變身的蝦蟇之術給兒子天竺德兵衛。德兵衛造訪將軍重臣梅津掃部的宅邸，卻遭己年月日出生的梅津妻子破解邪術，倉皇逃離。由於作品匯集異國遊歷、妖術異形的多樣要素，深獲觀眾喜愛，是鶴屋南北的人氣作品[46]。無怪鶴屋南北在《阿國御前化粧鏡》裡再度挪用這個熱門故事。

　　天竺德兵衛與小栗宗丹的奪權陰謀、阿國御前與累的仇怨詛

---

[43] 參見早稻田大學演劇博物館編：《演劇百科大事典》第 1 卷（東京：平凡社，1960），頁 376。

[44] 參見渥美清太郎：《系統別歌舞伎戲曲解題》下の一（東京：日本芸術文化振興会，2011），頁 212。

[45] 參見佐藤至子：《妖術使いの物語》（東京：国書刊行会，2009），頁 108。

[46] 古井戶秀夫在《評伝 鶴屋南北》第 1 卷（頁 642）提及，《天竺德兵衛韓噺》是演員尾上松助的代表作，也是鶴屋南北的成名作。

咒，展現相似要素的不同書寫，加強情節的前後呼應，帶來意外的趣味性。儘管，阿國御前、累、天竺德兵衛的故事皆具強烈獨立性，在整體結構上或有融合不全之處，但豐富多變的內容也避免全劇陷入單調平淡的可能[47]。事實上，《天竺德兵衛韓噺》裡的若干經典場面均再現於《阿國御前化粧鏡》。宗觀傳授德兵衛蝦蟇之術的咒語，「南無聖母瑪利亞、軍茶利夜叉[48]」、「守護聖天[49]」、「極樂世界[50]」，出現於《阿國御前化粧鏡》的首幕末尾[51]。這個融和佛教與天主教信仰的詭譎台詞，不僅強化德兵衛在防堵天主教思想的江戶觀眾眼底的異端性，也因古怪奇特而別具風味。德兵衛操控巨大蝦蟇登臨舞台的場面，則出現在第 4 幕「名古屋館之場」的結尾，由夜叉丸以蝦蟇姿態現身花道[52]（Hanamichi）之上，利用特殊的形貌、奇幻的演出，帶來精彩的戲劇效果。

（三）角色塑造：妒婦怨靈

日本古典文學中，女性由妒生恨，化身怨靈的故事不勝枚舉。在享負盛名的《源氏物語》裡，六條御息所便以生靈折磨光源氏

47　參見大久保忠国：〈鑑賞 阿国御前〉，《国立劇場上演資料集》431（東京：国立劇場調查養成部芸能調查室出版，2001），頁 33-34。

48　鶴屋南北：《天竺德兵衛韓噺》，收入《世話狂言傑作集》第 2 卷（東京：春陽堂，1925），頁 49。原文：南無さつたるまぐんたりぎや。

49　鶴屋南北：《天竺德兵衛韓噺》，頁 49。原文：守護聖天。

50　鶴屋南北：《天竺德兵衛韓噺》，頁 50。原文：はらいそ。

51　咒語解讀參見古井戶秀夫：《評伝 鶴屋南北》第 1 卷，頁 698-699。

52　花道：歌舞伎劇場的舞台設備之一。垂直貫穿觀眾席，是位於左側的演員出入通道。（日本大辞典刊行会編：《日本国語大辞典》第 16 卷，1975，頁 379-380）

的正妻葵之上。服部幸雄指出，「在封建體制的閉塞狀況中，被迫扮演日常貞淑、凡事謹慎的女性典型，為了表露潛藏內心的激越愛情，唯有化身怨靈一途。……歌舞伎的怨靈故事，是激烈鬥爭、彷彿熊熊烈火般灼熱愛情的反撲表現[53]」。鶴屋南北筆下的阿國御前充分體現了這個特點。

在「世繼瀨平之場」中，相思成疾的阿國御前取得情人元信寄給名古屋山三的密信。信函提及，「飛書以呈。因吾屈從阿國御前，致君以失德者輕之，甚感羞愧。此舉僅於佐佐木家系圖藏匿期間，為求奪返之偽裝，切勿視余為軟弱無能之徒[54]」。元信的假意親近、別有所圖，激怒了重病的阿國御前。不顧家僕的勸阻，阿國御前執意梳妝出門，探問真相。然而，梳篦的密齒刷落大量秀髮，緊握髮絲與密信竟湧出汩汩鮮血，阿國御前帶著「欺心的四郎次郎，縱令逃遍天涯，妾之怨念亦千里相隨[55]」、「就此死去，如何安心[56]」的恨意，怒極攻心，昏厥而死。

慘遭欺騙、背棄、鄙視的阿國御前，不僅埋怨元信負心，也

---

[53]　服部幸雄：〈さかさまの幽霊——恪気事・怨霊事・軽業事の演技とその背景——〉，《文学》55-4（1987），頁 102。

[54]　鶴屋南北：《阿国御前化粧鏡》，《鶴屋南北全集》第 1 卷（東京：三一書房，1971），頁 296-297。原文：以飛札申上候。然ば我等後室お国御前の御心に随ひ候事、道ならぬ者と御さげすみの程、甚御はづかしく存候。この義、佐々木の景図取隠され候間、無事に取返し申さん為の、偽りに御座候間、夢々惰弱なる者と思召下さるまじく候。

[55]　鶴屋南北：《阿国御前化粧鏡》，頁 298。原文：わらはを偽る四郎次郎、いづくにあるとも、女の念の。

[56]　鶴屋南北：《阿国御前化粧鏡》，頁 298。原文：この儘死とも、なに安穏に。

憎妒情敵銀杏。在「元興寺之場」中，阿國御前以少主安危脅迫元信回心轉意、永侍枕席，並執意逐出銀杏，作為虎狼餌食。厲聲指控的「竟隱瞞身分，奪取家系圖。虛情假意，強取豪奪，卻與銀杏互許來生[57]」、「怨恨難平，重返人世，必誘四郎次郎同墜地獄[58]」，不僅模仿瞿佑〈牡丹燈記〉裡，符麗卿埋怨喬生「奈何信妖道士之言，遽生疑惑，便欲永絕？薄倖如是，妾恨君深矣」，強拉入棺，奪其性命的橋段，更有上田秋成《雨月物語》〈吉備津之釜〉的影響痕跡。〈吉備津之釜〉裡，磯良怨恨丈夫正太郎騙取盤纏偕新歡私奔，在重病過世後，化身怨靈，陸續索討情敵與丈夫的性命。「讓你知道什麼是惡報[59]」的磯良宣言，雜揉了欺騙、背棄、妒忌的多樣心緒，與阿國御前的傷痛不無相近之處。

　　值得一提的是，阿國御前的恨意不因魂飛魄散而煙消雲滅。故事後半，透過相同化粧鏡的連結，附身藝妓累，令艷美無儔的累一變為面貌醜惡的女子，更激發累的疑心，使其意圖殺害情敵而枉送性命。「忌妒雖為女子所嗜，累之忌妒乃阿國御前之執著[60]」的台詞，反映出阿國御前貫穿全作的激越愛情與深厚妒怨。

---

[57] 鶴屋南北：《阿国御前化粧鏡》，頁 305。原文：よくもそなたは自を偽つて、隠し置たる佐々木家の景図。恋にことよせ奪ひ取、銀杏の前と二世かけて、夫婦の契約しやつたの。

[58] 鶴屋南北：《阿国御前化粧鏡》，頁 308。原文：恨の念のさりやらず、再びこの途に帰り来て、詞かわせし四郎次郎、ともに奈落へ誘引せん。

[59] 上田秋成著，稲田篤信編著：《雨月物語精読》（東京：勉誠出版，2009），頁 84。原文：つらき報ひの程しらせまいらせん。

[60] 鶴屋南北：《阿国御前化粧鏡》，頁 340。原文：悋気は女のたしなみとわいへ、累が嫉妬は、お国御前の一ツは執着。

（四）圖像呈現：演員本位

《阿國御前化粧鏡》的代表圖像當屬「繪本番付（Ehon Banzuke）」與辻番付「（Tsuji Banzuke）」。繪本番付，即描繪一齣戲劇中主要場景的圖冊，由劇場或芝居茶屋販售[61]。作品摹寫演出場景、演員形貌，並標示角色與演員名號，提供觀眾基本的演出情報，並作為戲劇欣賞後的紀念。辻番付，是演出的預告海報，作品摹寫主要場景，提供戲劇梗概與角色配置，張貼於人潮往來的路口，藉以招攬觀眾[62]。

　　繪本番付裡，收錄阿國御前化身骷髏的場面（圖4）。斑駁零落的寺院中，蝙蝠飛舞，牡丹燈搖曳。陰森的骷髏在卒塔婆前撥弄琴絃，右側是啜飲美酒的元信，左側是隨侍在旁的婢女。

　　據鶴屋南北的原作，此段劇情描寫如下：

> 又平：……。怪哉，傳聞阿國御前早已亡故，眼下宛若生人模樣，直是無以理解。
>
> 元信：阿國御前早已離世？
>
> 又平：若主上有疑，又平可藉所持佛像一展奇事。
>
> （自懷中掏出以錦布包裹的佛具，映照阿國御前。太鼓聲響，阿國御前苦痛姿態轉瞬化為異形，前方古琴化作顱圮

---

[61] 繪本番付：描繪演出內容，略添簡單文章的 20 頁左右小冊。演出開始後，於劇場或芝居茶屋進行販賣。（服部幸雄、広末保、富田鉄之助編：《新版歌舞伎事典》，東京：平凡社，2011，頁 349）

[62] 辻番付：公演前張貼於市井或湯屋等人口聚集處。……上繪主要登場人物，並附役者定紋，下記角色配置。（服部幸雄、広末保、富田鉄之助編：《新版歌舞伎事典》，頁 349）

圖 4　《阿國御前化粧鏡》繪本番付第 3 葉
（文化 6 年 6 月森田座。早稻田大學演劇博物館藏。
登錄番號：ロ 23-00001-0309）

大塔婆。此時，銀杏自舞台左側探望）

銀杏：呀，阿國御前的面容。

元信：乃離世亡者之貌。

又平：則此宅邸形制、身側侍女亦多可疑。

（以佛像映照。太鼓大響，宮殿一齊崩毀，化作荒涼古寺。
走廊處，茅草繁盛。此時，四位女旦一同消失，化為陰森
殘破的賓頭盧、仁王頭、如意輪觀音、青苔遍佈的五輪塔[63]）

63　鶴屋南北：《阿国御前化粧鏡》，頁 308。原文：又平：……。合点の行
ぬ後室様、身まかり給ふと聞つるに、生るがごとき、みありさま、何
共もつて心へぬ。元信：スリヤ、後室には、とくにこの世を去り給ふ
か。又平：うたがはしくば、又平が、所持なる所の尊像の、奇随をも

　　若按劇情進展，阿國御前化身異形的瞬間，古琴應作大塔婆。繪者此處或擷取酒會宴饗的橋段，暗示阿國御前的真身，並藉此聚焦阿國御前的奇異轉變。歌舞伎作為表演藝術，演員的個人魅力與舞台表現是招攬觀眾的重點，對於繪本番付的購買者來說，主要演員的活躍場面更受關注。《歌舞伎年表》記述，「明亮的宮殿，氣派的金紙障，忽成頹圮茅屋，此一裝置大獲好評。（阿國御前）轉瞬化為骸骨處亦別具巧思[64]」，便對佈景的改換與主角的出色演技予以高度肯定。

　　其次，辻番付的上方中央描繪了相同場景（圖5）。畫面前方是彈奏古琴的女性，由和服的家紋可知是尾上松助扮演的阿國御前。阿國御前的衣袖上附著小小骷髏，儼然暗示其亡者的真實身份。由於辻番付作為演出預告與宣傳所用，若如繪本番付直接勾勒阿國御前的異貌，勢必破壞劇情的驚奇感，降低鑑賞的趣味性。又，阿國御前後方身著武士裝扮，手持牡丹燈籠的男性，按劇情推測應是狩野元信，但家紋並非元信扮演者花井才三郎的三角圖樣，而是又平扮演者尾上榮三郎的榮字疊扇。對照辻番付的下方

つて。（ト懷中より錦の袱紗に包し、廚子を出し、お国御前へさし付る。どろ／＼になり、お国御前、苦しき姿、たちまち生なりの異形なるかたちとなり、前なる琴も、このとたんに大塔婆の朽たるになる。この時、下より、銀杏の前、うかゞひ出て）銀杏：ヤア、後室のみすがたは。元信：この世をさりし死人の相好。又平：さるにても館の結構、並みる侍女も子細ぞあらん。（ト尊像をさしかざす。大どろ／＼にて、御殿一度にばら／＼と朽たる古寺になる。椽側より、茅薄おひしげる。このとたんに、四人の女形、一度にきへて、めい／＼そこねたる賓頭盧、仁王の頭、如意輪観音、青苔つきし五輪になる）。

64　伊原敏郎：《歌舞伎年表》第5卷（東京：岩波書店，1960），頁438。

圖5　《阿國御前化粧鏡》辻番付（文化6年6月森田座。
早稻田大學演劇博物館藏。登錄番號：口22-00043-035）

「役人替名」裡的角色配置,「一土佐又平重興　榮三郎」、「狩野
四郎次郎元信　才三郎」,不免略感違和。但考量辻番付的預告
性質,圖像訊息或未全然符合演出狀況。此外,從構圖可知牡丹
燈籠佔據上方中央的顯著位置,反映阿國御前由妍轉孃的橋段是
本劇宣傳的重心之一,可知作品對〈牡丹燈記〉懷抱強烈意識。

四、合卷《戲場花牡丹燈籠》論析

(一) 故事梗概

　　山東京傳的合卷《戲場花牡丹燈籠》出版於文化 7 年(1810),
凡 6 卷 1 冊。歌川國貞(1786-1865)繪,岩戶屋喜三郎板。作品
描述:

　　鎌倉時代(1185-1333),近江國城主小荻氏村據僧人大日阿
闍梨的占卜,得知幼子有劍難之相。為求避禍,氏村採取阿闍梨
的提議,委託家臣田畑之助將兒子棄置路旁,待參拜寺院後再度
拾回,以消解災厄。未料,眾人返回原地時,盛裝幼子的畚箕已
空無一物,負責照應的乳母身首異處。此時,漁夫天竺德兵衛懷
抱小孩現身,自陳解救經過。氏村遂封德兵衛為漁師長,掌管三
町四方的漁場。

　　十八年後,德兵衛賄賂氏村妻弟黑塚運藤太,成為氏村家臣。
妻子投水而死,兒子梶藏留在家鄉,成為漁師長。此時,氏村受
執權[65]北條義時之命,安排獨子志賀之助迎娶赤星判官之女,並

65　執權:鎌倉時代,幕府的政務機關的長官。輔佐將軍、統轄政務的最高
　　職位。(日本大辞典刊行会編:《日本国語大辞典》第 9 卷,1974,頁 634)

約定將傳家寶物「照魔鏡」託放赤星家。無奈志賀之助對妻子女郎花姬不聞不問，逕自沉迷聲色遊樂，偏愛遊女玉琴。氏村在前往責罰志賀之助的途中，遭人暗殺身亡。赤星家聞訊後，要求迎回女郎花姬。為示聯姻誠意，田畑之助欲交出傳家寶鏡，卻發現寶鏡已遭運藤太盜走。經多方追查，順利取回寶鏡，意外揭露十八年前德兵衛以親生子嗣偷換氏村之子，圖謀奪權的野心。志賀之助坦承已知身世，以死謝罪。德兵衛搶奪寶鏡，趁亂逃脫。

家業動盪中，女郎花姬返回赤星家，梶藏改名小野賴風，以販製燈籠為業。七月十五日，梶藏偶遇手持牡丹燈籠的女郎花姬主僕。女郎花姬轉達赤星家願助梶藏重振家業之意，邀請梶藏回府商談。尾隨在後的德兵衛，納悶傳聞中患病身亡的女郎花姬現身荒野，以傳家寶鏡照看，發現女郎花姬竟為幽靈鬼魅。驚愕之際，突遭眾多兵士包圍。原來女郎花姬的死訊與眼前的魑魅魍魎均是誘捕德兵衛的幻術。最後，寶鏡物歸原主，梶藏改名小荻桂之助繼承家業，與女郎花姬成親。

（二）內容特徵：顛覆預期

《戲場花牡丹燈籠》以天竺德兵衛意圖篡奪小荻氏村家業為主線，同樣是御家騷動物。在故事的後半，女郎花姬邀請梶藏商討重振家業的細節，成功誘使德兵衛的尾隨。趁著德兵衛為幻術所惑，誤信傳家寶鏡照射下古寺裡盡是魑魅魍魎的驚愕瞬間，一舉逮捕德兵衛。京傳翻轉〈牡丹燈記〉裡美女化身幽靈的情節，使女郎花姬由生化死、由死轉生，為讀者帶來滿溢的驚奇感。

顛覆讀者預期的趣味建立在〈牡丹燈記〉故事的廣泛流傳。《戲場花牡丹燈籠》問世前年深獲好評的《阿國御前化粧鏡》扮演

了重要角色。此外，京傳在書名中直揭「牡丹燈籠」四字；在封面襯頁至第 1 葉右側裡，收錄《剪燈新話》〈牡丹燈記〉的部分訓讀。第 5 葉左側載有，「牡丹燈籠為第二幕之旨趣[66]」的說明；第 6 葉左側提及，「牡丹燈籠源自明洪武十一年吳山宗吉先生所著《剪燈新話》〈牡丹燈記〉。本朝寬文年間，淺井了意作《伽婢子》，收錄以假名文體平易書寫的〈牡丹燈記〉[67]」。不厭其煩地喚起讀者對〈牡丹燈記〉的記憶，有助連結幽靈鬼魅與婢女手持牡丹燈籠引領女郎花姬的登場，使其同墜巧妙陷阱，有感結局的出人意表。

同樣打破讀者預期的還有德兵衛與蝦蟇妖術的關連。享保 4 年（1719）大阪竹本座首演的淨瑠璃《傾城島原蛙合戰》以七草四郎一角開啟江戶時代蝦蟇之術的系譜[68]。天竺德兵衛接續七草四郎，奠定操控蝦蟇、謀反叛亂的異端形象。然而，在《戲場花牡丹燈籠》裡，德兵衛以寶鏡映照女郎花姬之前，曾驅趕意圖躍入懷中的蟾蜍。此處登場的蟾蜍來自十八年前德兵衛的同夥阿闍梨的指使。阿闍梨棄暗投明，以蝦蟇之術附隨德兵衛，一面散佈女郎花姬的病逝消息，一面引誘德兵衛前來殘破古寺，迷惑視聽，奪回寶鏡。蝦蟇之術的易位顛覆讀者的一貫認知，使得情節發展更富新意。

---

[66] 山東京傳：《戲場花牡丹燈籠》，頁 64。原文：牡丹燈籠の事二番目の趣向とす。

[67] 山東京傳：《戲場花牡丹燈籠》，頁 66。原文：牡丹灯篭の事は、原明洪武十一年吳山の宗吉先生の著す剪灯新話の牡丹灯記より出たり。本朝寬文年中、淺井了意といふ人の著す於伽婢子に牡丹灯記をかなぶみに和げて載たり。

[68] 參見佐藤至子：《妖術使いの物語》，頁 95。

　　附帶一提，在《戲場花牡丹燈籠》的開端，描述小荻氏村年過四十而無子嗣，妻子疑懷女胎，故遍請高僧祈禱，希冀轉女為男。一日，小荻氏村登甲賀山，偶遇那伽犀那尊者。尊者告知，「汝按過往因果本無子嗣，但因求佛心切，賜生女子。本無轉女為男之事，惟吾憐汝，使移形換貌。……此處山林乃吾居所，今後應禁狩獵，勿取野獸性命[69]」。不久，其妻果然誕下貌美如玉的男兒。這個「討好神佛以轉換胎兒性別」的橋段令人想起李漁（1611-80）的小說《無聲戲》〈變女為兒菩薩巧〉。年逾六十的財主施捨家產以求子嗣，一度反悔而生出半雌不雄的石女，廣行善事、扶弱濟貧，終於轉女為男，喜得子嗣。考量京傳在讀本《櫻姬全傳曙草紙》（1805）中挪用李漁《風箏誤傳奇》的部分情節[70]；在讀本《本朝醉菩提全傳》（1808）中摘引李漁《鳳求鳳傳奇》的卷末詩[71]，對李漁的作品並無陌生，《戲場花牡丹燈籠》的開端或有借鏡〈變女為兒菩薩巧〉的可能性。

（三）角色塑造：著墨有限

　　《戲場花牡丹燈籠》裡，女郎花姬與梶藏的出場有限，角色性

---

[69] 山東京傳：《戲場花牡丹燈籠》，頁58。原文：汝、過去の因果によつて子なき筈なれども、仏神を祈る心切なるによつて、やう／＼女子を授かりたれば、なか／＼男子に変ゆる事能はざれども、我、汝を哀れみ、男子に変へて遣はすなり。……此山は我が住む所なれば、此以後、狩をなし、もの、命を取ることなかれ。

[70] 麻生磯次在《江戶文學と中国文学》（東京：三省堂，1955，頁658-659）中指出，山東京傳《櫻姬全傳曙草紙》挪借李漁《風箏誤傳奇》的橋段。

[71] 山口剛在〈読本について〉（《山口剛著作集》第1卷，1972，頁163）中指出，山東京傳《本朝醉菩提全傳》引用李漁《鳳求鳳傳奇》的文句。

格並不十分鮮明。相較緣牽三世的《浮牡丹全傳》、由愛生恨的
《阿國御前化粧鏡》，女郎花姬在婚戀關係的處理上更為理智淡
薄。以小荻、赤星兩家的聯姻來說，女郎花姬面對丈夫志賀之助
的蓄意冷落，儘管「深懷憂慮[72]」，卻坦言「妾本為兩家和睦之徵
遠嫁至此，倘離緣而去，小荻、赤星兩家亦復不睦。慮雙方將陷
愁苦之境，縱招嫌厭，難歸故里[73]」，接受有名無實的政治婚姻。
當志賀之助自揭身世，以死謝罪後，女郎花姬基於家族利益，轉
而協助梶藏復興家業，共結連理。其中的心緒轉折、情感變化均
未見描述，彷彿女郎花姬的存在僅是政治利益的棋子，稍乏角色
魅力。

　　另一方面，梶藏與志賀之助共同擔當本作的男主角。其中，
志賀之助在故事前半，受運藤太唆使，「佯裝病痛，隱居別館，自
淺妻之里召來眾多遊女，不分晝夜酒宴遊興，行止放浪無拘[74]」，
冷落新婚正妻，無視忠臣勸諫，儼然惡人作派。但在身世大白後，
自述「自吾長成，得悉實為八劍（筆者注：德兵衛）之子。隱而
不發，因不忍揭至親惡行之故。嫌厭女郎花姬，未與同寢，乃不
欲留存子嗣。又，縱情聲色、行止不端，為特意疏離，懷拒承家

72　山東京傳：《戲場花牡丹燈籠》，頁74。原文：これを憂ふること限りなし。
73　山東京傳：《戲場花牡丹燈籠》，頁74。原文：もと和睦の印に嫁りて来
　　つる妾なれば、離縁しては再び又、小萩・赤星両家の不和となり、双
　　方一家中の嘆きとなることなれば、たとえ如何様に嫌はれても、里方
　　へは帰り難し。
74　山東京傳：《戲場花牡丹燈籠》，頁75。原文：病気分にして下館に引籠
　　らせ、浅妻の里より数多の遊君を呼寄せて、日夜を分かぬ酒宴遊興、
　　放逸無残の振舞也。

業之思[75]」，揭露浪蕩行徑背後的複雜考量。更為生父德兵衛的罪
刑求取諒解，表明「父八劍積惡難逃，實屬大罪，願以吾首相償，
留取八劍性命，許其出家[76]」，展現至情至孝的一面。志賀之助的
形象發生天差地別的翻轉，這個「乍看為惡卻一變為善」的手法
是歌舞伎中常見的演出方式「もどり（Modori）」，藉以增添情節
的複雜度與作品的趣味性[77]。《戲場花牡丹燈籠》的「戲場花」三
字讀作「Kabuki no Hana」，意即「歌舞伎之花」。作品與歌舞伎
間存在密切聯繫，無怪京傳在角色塑造上亦借鏡歌舞伎技法，增
添作品的意外性。

　　整體而言，《戲場花牡丹燈籠》對角色性格與情感的著墨較
少，不若《浮牡丹全傳》、《阿國御前化粧鏡》創作出生動飽滿的
人物形象，儘管故事曲折有趣，在角色魅力的建構上略遜一籌。

（四）圖像呈現：娛樂本位

　　《戲場花牡丹燈籠》的圖像主要分為兩種類型：封面插圖、卷
首插圖、正文插圖。封面插圖的中心是提握牡丹燈籠的梶藏與手

75　山東京傳：《戲場花牡丹燈籠》，頁89。原文：それがし成長の後、実は
　　八劍が子なりといふことを聞知つたれども、表し言はぬは、親の悪事
　　の顯るゝに忍びざる故なり。女郎花姫を嫌ひ一夜の枕も交さぬは、我
　　が胤を残すまじきため。又、遊女狂ひに身持ちを悪しくしたるは、わ
　　ざと疎まれて家を継ぐまじき心底なり。

76　山東京傳：《戲場花牡丹燈籠》，頁89。原文：父八劍が積悪逃れ難き大
　　罪といへども、何とぞ我が首を討つて、八劍が命を助け出家させて給
　　はれと。

77　參見菱岡憲司：〈馬琴読本における「もどり」典拠考〉，《読本研究新集》
　　5（東京：翰林書房，2004），頁46-76。

持照魔鏡的女郎花姬（圖6）。由女郎花姬膝前的筑紫琴可知，繪者勾勒的是梶藏造訪女郎花姬宅邸的景象。封面上方繪有攤開的書冊，以黑白墨色呈現提燈女童引領男女主角相逢的場面，圖像右方則有「おとぎぼうこ（御伽婢子）」六字，昭示作品與《伽婢子》的相關性。

　　在分冊的卷首插圖上，第7葉左側第8葉右側描繪女郎花姬與侍女們共同出遊的場面（圖7）。女郎花姬乘坐於牛背，一面彈奏古琴，一面注視左側飛舞的蝙蝠，牛角上則懸掛著牡丹燈籠。蝙蝠的由來應與《阿國御前化粧鏡》「以道具黑棍操作的假蝙蝠大

圖6　山東京傳《戲場花牡丹燈籠》封面
（早稻田大學圖書館藏）

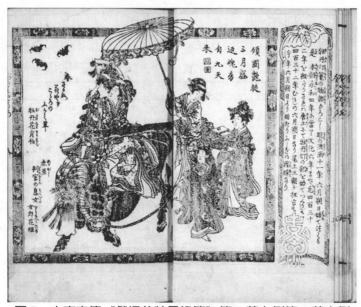

**圖 7　山東京傳《戲場花牡丹燈籠》第 7 葉左側第 8 葉右側
（早稻田大學圖書館藏）**

量飛舞於殿內[78]」，烘托宅邸荒涼的演出指示相關。《戲場花牡丹燈籠》第 25 葉左側（圖 8）亦描繪女郎花姬彈奏筑紫琴，招待梶藏的場面。不僅有圍繞牡丹燈籠的成群蝙蝠，更有梶藏凝眼相望，感嘆「唉啊，好多蝙蝠呢[79]」的台詞。藉由蝙蝠與豪宅間的違和，引導讀者質疑女郎花姬的身分，塑造錯誤的閱讀期待，增添真相揭露時的驚奇感。此外，畫面右側題有「傾國艷從三月盛，返魂香自九天來」的詩句。其中，「返魂香自九天來」指涉漢武帝令方

78　鶴屋南北：《阿国御前化粧鏡》，頁 307。原文：差金の蝙蝠、おびただしく御殿の内をまふ。

79　山東京傳：《戲場花牡丹燈籠》，頁 96。原文：はて、夥しい蝙蝠じゃ。

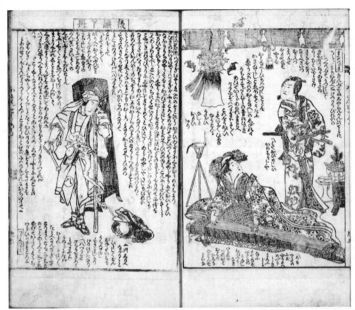

圖 8　山東京傳《戲場花牡丹燈籠》第 25 葉左側第 26 葉右側
（早稻田大學圖書館藏）

士召喚已故李夫人的傳說，為女郎花姬的生死投下幾許懸疑，同
樣有助故事尾聲的趣味營造。

　　另一方面，圖像四周為方形漩渦狀的雷文及牡丹圖樣所環
繞。畫面左側題有牡丹花肖伯的連歌「春日花不綻，心憂深見草
（春さかぬ花やこゝろのふかみ）」。「ふかみ」是「深見草（ふか
み草，牡丹異稱）」與「思慮深沉（心のふかみ）」的掛詞[80]
（Kakekotoba）。此處可理解為「我心沉鬱，然聊以寬慰之牡丹尚

80　掛詞：修辭法之一。使用同音異義的語詞，連結前後句，含括兩種語意
　　的手法。（日本大辞典刊行会編：《日本国語大辞典》第 4 卷，1973，頁
　　467）

未綻放」。牡丹圖樣與牡丹連歌的利用，透露出京傳由牡丹燈籠延
伸至牡丹花的關心。正文中，運藤太亦以牡丹緞花稱讚遊女玉琴
國色天香、容顏歷久不衰，力勸志賀之助為其贖身，並引用周敦
頤《愛蓮說》的「牡丹，花之富貴者也[81]」，提出「富貴自由之身，
卻無以奢侈榮華，乃一大損失也[82]」。牡丹典故的頻繁運用或受前
作《浮牡丹全傳》的影響。山本和明考察《浮牡丹全傳》中的牡
丹語彙，提出「作為『牡丹尽くし[83]』的物語，倘連綴『牡丹』
一語，則無論青磁、花卉、故事，不都整合為一嗎？所以稱其為
『全傳』不是嗎？[84]」的觀點。由於《浮牡丹全傳》為未完之作，
京傳或有延續創作構想、挪用既有素材的可能，而為《戲場花牡
丹燈籠》增添更豐富的內容。

　　在正文插圖上，《戲場花牡丹燈籠》秉持合卷傳統，以圖文並
陳的方式逐葉展現故事內容。由於作品深受《阿國御前化粧鏡》
的影響，在惡賊德兵衛以寶鏡映照女郎花姬的場面裡（圖9），勾
勒了「華美宮殿忽成荒涼居室，隨侍身側的婢女、女童化作石觀
音、石地藏、仁王頭、五輪塔，古琴一變卒塔婆，床褥轉為菰草

81　周敦頤著，董金裕註釋：《周濂溪集今註今譯》（台北：台灣商務印書館，
　　2011），頁47。
82　山東京傳：《戲場花牡丹燈籠》，頁76。原文：富貴自由の御身をもつて
　　栄耀栄華をなされぬは、大きな御損と申すもの。
83　尽くし：接續名詞之後，表示該類事物的全數羅列。（日本大辞典刊行会
　　編：《日本国語大辞典》第13卷，1975，頁684）
84　山本和明：〈牡丹づくし——京伝《浮牡丹全伝》贅言——〉，《日本文学》
　　58-10（2009），頁49。

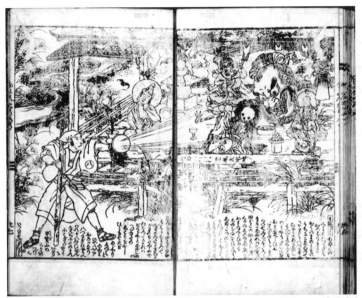

圖9　山東京傳《戲場花牡丹燈籠》第 26 葉左側第 27 葉右側
（早稻田大學圖書館藏）

席，女郎花姬頓失蹤影，化作骸骨一具，橫陳眼前……[85]」的景
象[86]。選擇描繪群魔亂舞而非聚焦女郎花姬的轉變，與合卷的圖
像肩負吸引讀者的重責大任有關。式亭三馬（1776-1822）在《昔
唄花街始》卷之上提到，合卷的閱讀順序「應先閱插圖及說明，

---

[85]　山東京傳：《戲場花牡丹燈籠》，頁 97。原文：美麗なる館造り、忽ち荒
　　　たる家となり、付きづきの腰元、女童は石の観音、石の地蔵、仁王の
　　　頭、五輪の塔と変じ、琴は卒塔婆となり、褥は真菰の莚となり、女郎
　　　花姬の姿は消失せて、一具の骸骨となりて横たはりければ……。

[86]　〈《戲場花牡丹燈籠》解題〉（《山東京伝全集》第 9 卷，頁 519）中指出，
　　　此一插圖以《浮牡丹全伝》為靈感，亦可見《阿國御前化粧鏡》的影響。

再閱正文[87]」，可知合卷的圖像是讀者對作品的第一印象，別出心裁的構圖、豐富多樣的要素將可提供更高的娛樂價值。況且，合卷不以個別角色為號召，畫面整體的趣味性更顯重要，描繪妖魔鬼怪一齊現身的瞬間可為讀者帶來鮮明強烈的刺激。

　　作為圖文並陳的合卷，作者在劇情鋪陳與插圖構成上均投注大量心力，期望提供讀者愉快的鑑賞體驗。是以，圖像的美觀度有時凌駕於內容的忠實反映。女郎花姬與梶藏的重逢發生於夏季七月十五日，主要角色的服飾卻均為繁複華美的冬裝。對此，京傳額外解釋，「此時乃七月之故，應著夏裳，然因成像不佳，而作冬衣[88]」，可見作者重視插圖，力求圖文並佳的努力。

五、結語

　　《浮牡丹全傳》、《阿國御前化粧鏡》、《戲場花牡丹燈籠》是19世紀前期模仿〈牡丹燈記〉的代表作品。對照《剪燈新話》、《伽婢子》、《雨月物語》等前作，可歸納出以下異同。

書名	剪燈新話	伽婢子	雨月物語	浮牡丹全傳	阿國御前化粧鏡	戲場花牡丹燈籠
時間	上元節	盂蘭盆節	不詳	盂蘭盆節	6月24日	盂蘭盆節
主要角色	喬生	新之丞	正太郎	礒之丞	狩野元信	梶藏

---

[87]　式亭三馬：《昔唄花街始》卷之上，東京：早稻田大學圖書館藏本，出版年不明，第 6 葉左側。原文：絵と書入を先へ見て、本文は後にて読みたまふべし。

[88]　山東京傳：《戲場花牡丹燈籠》，頁 93。原文：此所七月ゆへ、夏衣裳の筈なれども、絵の見てくれ悪しき故に冬衣裝とす。

	符麗卿	彌子	磯良 阿袖	女郎花姬	阿國御前 銀杏	女郎花姬
邂逅緣由	一見鍾情	一見鍾情	探訪寡婦	護送女童	取家系圖	商討要事
女子身分	女子已逝	女子已逝	女子已逝	女子已逝	女子已逝	女子未亡
真相揭露	鄰翁發現	鄰翁發現	幽靈主動 揭露	手下發現	手下發現	仇敵發現
心理狀態	不甘背棄	不甘背棄	因妒生恨	宿世依戀	因妒生恨	—
結局	男子死亡	男子死亡	男子死亡	女子轉世 男子倖存	男子倖存	雙方存活 共結連理

　　由圖表可知,《浮牡丹全傳》、《阿國御前化粧鏡》、《戲場花牡
丹燈籠》已跳脫對《剪燈新話》的高度模仿,在男女主角的邂逅
緣由、女子身分及心理狀態、故事結局的安排上均各具巧思,賦
予作品豐富的趣味。情節暨風格的差異反映出作者截然不同的考
量。山東京傳在《浮牡丹全傳》裡,引用大量軼聞傳說、詩文典
故,試圖創作包羅嶄新知識、兼具高雅品味的怪談讀本。鶴屋南
北的《阿國御前化粧鏡》作為歌舞伎劇本,著重演出效果、演員
魅力。御家騷動物的情節借鏡自熱門的戲劇類型、阿國御前的慘
死及復仇帶來強烈的戲劇張力、妖賊天竺德兵衛的活躍連結觀眾
對人氣歌舞伎《天竺德兵衛韓噺》的喜愛,建構出熟悉親切卻又
曲折離奇、驚悚駭人的作品。山東京傳的《戲場花牡丹燈籠》巧
妙利用大眾對〈牡丹燈籠〉的認識,顛覆讀者預期,營造滿溢的
意外性。精美細緻的圖像不僅吸引購買者的目光,也能補充文字
敘述,提供詳盡生動的故事訊息。值得一提的是,《浮牡丹全傳》、
《戲場花牡丹燈籠》都揭示了來自《伽婢子》的影響。以假名草紙
體例書寫的《伽婢子》雖與成為模仿主流的讀本形制相異,卻是
〈牡丹燈籠〉廣受認知的重要契機。

〈牡丹燈記〉的故事，由漢籍、假名草紙、讀本到歌舞伎、合卷，以多種形式廣泛流傳，將陌生的異國作品轉換為親切的庶民文藝。《浮牡丹全傳》、《阿國御前化粧鏡》、《戲場花牡丹燈籠》三作的問世，提供了江戶時人接觸、認識〈牡丹燈記〉的另一種途徑，也記錄了 19 世紀前期中國文言小說的域外影響樣貌。

第二章　歌舞伎
《阿國御前化粧鏡》及其衍生作品

一、緒論

　　《阿國御前化粧鏡》首演於文化 6 年 6 月 11 日的江戶森田座。據《役者新綿舩》記載，該劇從首演至 8 月盂蘭盆節間，日日盛況空前，大獲觀眾好評[1]。安政 3 年（1856）7 月止，有數次公演紀錄。其中，天保 3 年（1832）8 月於河原崎座上演的《天竺德兵衛韓噺》、天保 9 年（1838）6 月於中村座上演的《音菊家怪談》[2]，分別在演出翌年以合卷《天竺德兵衛韓噺》（1833）、《御家のばけもの》（1839）的形式出版，進一步拓展了阿國御前故事的傳播。19 世紀中葉後，《阿國御前化粧鏡》逐漸淡出觀眾視野。1975 年 9 月，國立劇場重現了睽違多時的歌舞伎演出，並在 2001 年 3 月以《新世紀累化粧鏡》為名，上演再次添改的內容，兩劇皆留存〈牡丹燈記〉的影響痕跡。《阿國御

1　郡司正勝：〈《阿国御前化粧鏡》解說〉，《鶴屋南北全集》第 1 卷（東京：三一書房，1971），頁 494。

2　《阿國御前化粧鏡》的公演紀錄參見〈上演年表〉《国立劇場上演資料集》431，頁 4-14。

前化粧鏡》及其衍生作品以融和〈牡丹燈記〉情節為起點,建構出 19 世紀至 21 世紀的傳承軌跡。

　　鑑於合卷《天竺德兵衛韓噺》迄今未經翻刻,《御家のばけもの》亦乏詳細探討,有關《阿國御前化粧鏡》於 19 世紀中葉前的發展樣貌仍待釐清,本章將以兩作為中心,論述其內容差異、典據由來、圖像呈現,嘗試在現今觀眾耳熟能詳的歌舞伎《怪異談牡丹燈籠》之外,勾勒〈牡丹燈記〉與歌舞伎作品的另一種聯繫。

　　在論述展開前,簡單介紹歌舞伎、淨瑠璃[3](Joruri)構成上的兩個重要語彙──「世界(Sekai)」、「趣向(Syukou)」。世界,意即「作為情節、事件展開的架構或時代背景而被利用的已知傳說、故事、前行作品或一定的人物群[4]」。趣向,「廣義上指稱包含主題、構想的作品整體情節的展開;狹義上則是整體情節中醒目且特定的各種構想[5]」。今尾哲也認為,「以眾所知悉的正史、稗史為世界,易吸引人們進入劇中情境,同時借助這個安定的架構,充分發揮大膽新奇的趣向,複雜化戲劇內容,增添情節

---

[3]　淨瑠璃:以三味線為伴奏樂器的說唱曲藝之總稱。(服部幸雄、広末保、富田鉄之助編:《新版歌舞伎事典》,東京:平凡社,2011,頁233)

[4]　日本古典文学大辞典編集委員会編:《日本古典文学大辞典》第 3 卷(東京:岩波書店,1984),頁 596。轉引自湯淺佳子:〈趣向と世界──演劇・草双紙から読本への影響〉,《江戶文學》34(2006),頁91。

[5]　日本古典文学大辞典編集委員会編:《日本古典文学大辞典》第 3 卷,頁 291-292。轉引自湯淺佳子:〈趣向と世界──演劇・草双紙から読本への影響〉,頁 90。

的意外性[6]」。據此可知，誠如郡司正勝的解說，《阿國御前化粧鏡》的第一部分揉合了前作「天竺德兵衛」與「不破名古屋」的「世界」，並攝取了牡丹燈籠的「趣向」[7]，充分反映出中日典故的融合與創新。

二、《天竺德兵衛韓噺》論析

（一）故事梗概

夷福亭主人（樂亭西馬）的《天竺德兵衛韓噺》刊於天保 4 年孟春，全 4 冊 20 葉，一勇齋國芳（1797-1861）繪，江戶芝神明前園壽堂丸屋甚八出版，現藏於日本國立國會圖書館、早稻田大學圖書館、慶應大學圖書館。拙論據早稻田大學圖書館藏本影像進行分析考察。

故事內容可分為兩大部分，前者以近江國（滋賀縣）為舞台，後者挪至繁華的鎌倉長谷觀音寺周邊。作品描述：

室町時代，奸臣吉岡宗觀意圖顛覆統領近江國的佐佐木桂之介家，不幸事跡敗露，切腹而死。臨死前，與失散多年的兒子天竺德兵衛重逢，傳授蝦蟇妖術，委託謀反大業。佐佐木家臣狩野四郎次郎元信前往神社為幼主祈禱病癒，歸途巧遇情人遠山。遊女遠山因思念元信，自遊廓脫逃，兩人結伴返鄉。遠山父親世繼

6　日本古典文学大辞典編集委員会編：《日本古典文学大辞典》第 3 卷，頁 596。轉引自湯淺佳子：〈趣向と世界——演劇・草双紙から読本への影響〉，頁 91。

7　參見郡司正勝：〈《阿国御前化粧鏡》解說〉，頁 490。

瀨平外出巡遊，丟失往來切手[8]。暗戀遠山的茨城門兵衛以切手為證，謊稱瀨平客死異鄉，將遠山許配於己。適巧瀨平返家，揭穿謊言，門兵衛倉皇逃離。又，佐佐木家主側室阿國御前暫居瀨平住所，見到長年傾心的元信喜不自勝。阿國御前以殺害幼主、撕裂傳家寶物「鯉魚一軸」要脅元信同寢，元信激烈拒絕，砍殺阿國御前，切腹而死。

　　另一方面，天竺德兵衛佯裝盲人樂師造訪名古屋山三的住所，因害怕長蛇，暴露身分，跳入泉水，隱藏蹤跡，再度假扮足利將軍的使者不破伴左衛門前來。山三妻子葛城佯稱對使者一見鍾情，截斷小指以示決心，利用鮮血破解德兵衛的妖術。

　　故事進入第二部分，元信部下又平與兄長木津川与右衛門互換名字，四下探詢佐佐木家的寶物「鯉魚一軸」、「月之御判」。一日，又平與當鋪夥計商討取贖「鯉魚一軸」，受託照顧幼主的藝人藤六前來要求十兩津貼。商人羽生屋助四郎假意借款，卻趁機以吹火管偷換「鯉魚一軸」。其後，又平商請情人藝妓累代籌贖款。在店主妙林的撮合下，累決定委身助四郎，換取二百兩聘禮。妙林是世繼瀨平之妹，受託保管阿國御前的骷髏。梳妝中的累被骷髏覆上顏面，容貌異變，且受到阿國御前怨靈的影響，誤解山三之妹銀杏假扮的藝妓小三與又平關係曖昧，持鐮刀追殺小三，在木津川堤遭又平殺害，丟入河中水葬。此時，裝有幼主的錢箱誤落水中，累的亡靈現身，懷抱幼主離去。

---

[8]　往來切手：往來手形。江戶時代，庶民因商務或宗教巡禮往來異地時，由管轄單位交付寫有旅行目的、姓名、住所、宗門的旅遊許可證兼身分證明書。（日本国語大辞典第二版編集委員会編：《日本国語大辞典》第2卷，東京：小学館，2000，頁883）

　　又平因殺害累而遭到盤查，与右衛門要求換回本名，承擔一切過失。累的亡靈將幼主與拾撿到的「月之御判」交託小三。佐佐木家臣金五郎轉知「鯉魚一軸」的真實下落。又平與助四郎於花水橋上爭奪家寶，名畫一度落水，鯉魚自畫卷中游出。最後，又平擊敗助四郎，並以配刀貫穿魚眼，順利使「鯉魚一軸」回復原狀。

（二）內容特徵：刪略支線

　　夷福亭主人於天保 3 年 8 月下旬的自序提及，「書肆至，告吾曰，往年以音羽屋《四谷怪談》之劇場如實移於合卷出版，因彼戲曲之餘德，俱獲好評。故今年亦欲綴累之狂言成書。余慣未假深思，倉促應允，然習於晏起，往訪戲場，已近尾聲，觀劇者眾，早無立錐之地[9]」，揭示《天竺德兵衛韓噺》的出版與當時再現歌舞伎舞台於紙面的風氣密不可分，是典型的「正本寫合卷[10]」。作者深入劇場試圖捕捉公演實狀，卻因人聲鼎沸，「偶聞『誠如是否』，但不知前言所謂；雖聞『嗚呼，怪哉』，未解後續發展。是以，不知眼前場面何致殺戮。然屢遭催稿，遂執筆書

9　夷福亭主人：《天竺德兵衛韓噺》（東京：早稻田大學圖書館藏本，1833），第 1 葉右側。原文：書肆来て僕に曰いぬる年音羽屋が四つ屋怪談の劇場を其侭合卷に出版せしに、彼狂言の余德にや俱に大当ありし故、今年も累の狂言を有形綴よと、例の性急安請合ヲット承知の幕なれど、おかぶ乃朝寝を十分して、芝居へ行ばもはや大詰爪も立ざる大入に。

10　正本寫合卷：合卷的一種。將上演的歌舞伎戲曲改寫為小說體，以描摹實際役者的插圖展現觀劇效果的江戶刊行作品。（服部幸雄、広末保、富田鉄之助編：《新版歌舞伎事典》，頁233）

寫，長夜挑燈，鳴蟲頻促，倉忙間綴成此胡亂之書[11]」。可知，作品完稿匆促，商業目的極其鮮明。

　　從故事內容上來看，合卷《天竺德兵衛韓噺》的主要架構與《阿國御前化粧鏡》大抵相近，但簡化了狩野元信與阿國御前的情感糾葛，刪除侍女手持牡丹燈籠引領兩人重逢，部下又平以佛像映照阿國御前，揭露其亡者面貌的情節。換言之，〈牡丹燈記〉的趣向不復存在，故事前半著重天竺德兵衛的異端與反叛。因應情節的刪減，在角色名稱、人物關係上也稍有變動：

角色名	身分差異	
	《阿國御前化粧鏡》	《天竺德兵衛韓噺》
銀杏	佐佐木賴賢妻妹、元信妻子	佐佐木桂之介妻子、山三之妹
遠山	管領[12]細川勝元妻子	世繼瀨平之女、元信情人
小三	元信之妹繪合假扮	山三之妹銀杏假扮

其中，銀杏與桂之介、山三的親屬關係呼應了鶴屋南北的歌舞伎《天竺德兵衛韓噺》（1804）。《天竺德兵衛韓噺》描寫吉岡宗觀傳授蝦蟇妖術予兒子天竺德兵衛，委託顛覆足利幕府。德兵衛假扮上使斯波左衛門造訪梅津掃部元春宅邸，意圖騙取寶劍「浪切

11　夷福亭主人：《天竺德兵衛韓噺》，第 1 葉右側。原文：折ふしはござん
　　すわいなアト言えど其前聞こえず、ア丶ラ怪しやと言へど其跡通ぜ
　　ず、どふいふ事で、此場へ来た、何の子細で殺されたといふ筋、さら
　　に解せざれども、何分草稿立催足に筆をとり／＼、夜長の方灯綴させ
　　てふ鳴虫に音を合せたる蚯蚓書。

12　管領：室町幕府的官職名，輔佐將軍管理全體政務。（日本国語大辞典
　　第二版編集委員会編：《日本国語大辞典》第 3 卷，頁 1415）

丸」，卻遭梅津之妻葛城以鮮血破解妖術。銀杏為梅津之妹，傾心佐佐木桂之介。從葛城捨命破解蝦蟆之術的情節可知，梅津掃部相當合卷《天竺德兵衛韓噺》中的名古屋山三，則銀杏的身分變化其來有自。

又，元信與遠山的情侶關係及遠山的遊女身分沿襲自「不破名古屋」的世界。「不破」即不破伴左衛門，以深受豐臣秀次（1568-95）寵愛的美少年不破萬作為原型[13]；「名古屋」即名古屋山三郎，與出雲阿國同為歌舞伎的始祖[14]。在寶永 2 年（1705）8 月首演於竹本座的近松門左衛門（1653-1725）《傾城反魂香》中，狩野元信以佐佐木賴賢委請的畫師身分登場，與遊女遠山互訂終生，卻在恩人山三的期許下迎娶賴賢之女銀杏。合卷《天竺德兵衛韓噺》裡，「彼四郎次郎元信，原為佐佐木家臣屬，素與野宿里之傾城遠山交好。此番因佐佐木家內騷動之故，四郎次郎未能造訪，遠山朝思慕念，無心己業[15]」的敘述正蹈襲此一設定。

於是，《阿國御前化粧鏡》裡，阿國御前遭元信假意親近、寡情背棄，因怒極攻心，昏厥而死。亡靈以幼主及家系圖威脅元信重修舊好，驅趕銀杏出府，作為虎狼餌食。強勢且殘酷的作風

13　參見古井戶秀夫編：《歌舞伎登場人物事典》（東京：白水社，2010），頁 695。

14　參見古井戶秀夫編：《歌舞伎登場人物事典》，頁 610。

15　夷福亭主人：《天竺德兵衛韓噺》，第 5 葉左側。原文：かの四郎次郎元信という者あり、元は佐々木家の臣なりしが、野宿の里の傾城遠山というにふと慣れ馴染み水漏らさじと語らいいたりしが、此程館の騷動にて、四郎次郎が訪れなかりければ、遠山は明け暮れ元信が事のみ思い暮らし、勤めも上の空。

不盡出於妒忌艷羨，更有蒙受背叛後的復仇心理。然而，合卷
《天竺德兵衛韓噺》的阿國御前在守寡後對屬下元信萌生愛戀，
逕自排拒情敵遠山，堅持「妾復以年高於君為羞，欲斷念想，則
夜不成寐，晝難清醒。近日縱閉目而難忘。郎君此舉亦顧念遠
山，忌於義理，無以回訊耶。嗏，速離遣彼女也[16]」，並以「如
若不從，即殺害幼主，撕裂鯉魚一軸[17]」，脅迫元信同床共枕。
未料元信思量「主君孀妻阿國御前，稱病卻不見醫藥，逕思無望
之命以致此狀，遂無奈擊其首級。吾切一腹則幼主、家寶得存，
此外吾無謂矣[18]」，選擇犧牲性命，維護君臣大義。可知，合卷
的阿國御前跳脫慘遭負心的受害角色，展現純粹的嫉妒與執著，
而原作元信假意虛情的疑慮也盡數排除，重塑正直忠良的形象。
這樣的變動同樣為《御家のばけもの》所繼承，元信以「倘今全
此愛戀，死後蒙不忠汙名，更無顏迎對主家[19]」嚴拒阿國御前的

16　夷福亭主人：《天竺德兵衛韓噺》，第 8 葉右側。原文：わらわもそなた
　　より年嵩を恥じらい、思い切ふと思うほど、夜もろく／＼に寝もやら
　　ず、昼もまどろむ、そのうちも目に遮りて忘られぬ、これというもそ
　　の遠山とやらがある故に□た義理に絡まれて返事せぬのであらう。さ
　　あ、その女を早う暇をやりや。

17　夷福亭主人：《天竺德兵衛韓噺》，第 9 葉右側。原文：色よい返事せぬ
　　においては、若君を殺害し、鯉の一巻引き裂かん。

18　夷福亭主人：《天竺德兵衛韓噺》，第 8 葉左側第 9 葉右側。原文：主君
　　の後室お国御前なんと枕が交わされ、嘘の上思る御病体、医薬のしる
　　しもあらざるは、とても適わぬお命と思いつめての此あり様、是非な
　　く御首撃ち落とし、我が腹一つ切る上は若君、宝に恙がなし、此上は
　　我に構わず。

19　尾上梅幸：《御家のばけもの》，收入《正本写合巻集》9（東京：国立
　　劇場調査養成部芸能調査室出版，2012），頁 110。原文：今この恋を

親近，為維護佐佐木家業，步上弒主自盡的悲途。〈牡丹燈記〉
情節的刪減帶動人物關係的更變，間接影響角色性格的刻畫，呈
現迥異原作的價值理念。

　　附帶一提，在《傾城反魂香》中，狩野元信背棄前約，迎娶
銀杏，遊女遠山以一身白無垢的死亡裝束出現嫁娶行列，提出
「僅只七日，暫緩婚事，能否將新郎讓予妾身[20]」的請求。經銀
杏首肯，遠山獲得七七四十九日的相守時光，卻在元信弟子雅樂
之介的測試下顯露亡者姿態。「雅樂之介點燃之行燈[21]火光，清
晰映現紙門上兩人之形影，元信依作生人樣貌，女子卻為五輪塔
之狀。振而視之，話聲與生人無異，身姿更衰於陽焰白露，渺茫
之態不禁風息[22]」。經第三者窺探亡靈樣貌、暴露死亡真相的安
排與〈牡丹燈記〉有異曲同工之妙。巧合的是，《阿國御前化粧
鏡》裡面容姣好的侍女們因佛像映照一變為陰森殘破的賓頭盧、

　　かなへなば、末代不忠の汚名を受け、またその上に主家へ対してなん
　　の面目。

[20]　近松門左衛門：《傾城反魂香》，收入宇野信夫譯《近松名作集》（東
　　京：河出書房新社，1976），頁 98。原文：たった七日のあいだだけ、
　　お輿入れを延ばしてくだされ、花婿さまをわたしに譲ってくださいま
　　せぬか。

[21]　行燈：往昔的照明用具。在木、竹、金屬製的方形或圓形框架上張貼薄
　　紙，內置油皿，燃點火光。（日本大辞典刊行会編：《日本国語大辞典》
　　第 1 卷，東京：小学館，1972，頁 567）

[22]　近松門左衛門：《傾城反魂香》，頁 102。原文：雅楽之介がつける行灯
　　の灯に、はっきりと映った障子の影、元信は人間のままの影である
　　が、女の影は五輪の塔であった。心を励ましみやを見れば、話す声こ
　　そ人間だが、姿は陽炎とも白露とも言いようのない、風にもたえぬは
　　かない姿である。

仁王頭、如意輪觀音、青苔遍佈的五輪塔，這是秉受〈牡丹燈記〉影響的《伽婢子》〈牡丹燈籠〉、〈吉備津之釜〉、《浮牡丹全傳》未見的新意。儘管亡靈化為五輪塔的記述並非首創，服部幸雄即指出，加賀掾的淨瑠璃《他力本願記》（1680）記載，武士之妻受奇病所苦，委託聖僧驅邪，「上人於紙面書寫六字名號，張掛牆面，死靈倒立現身，因其名號之威德而退散。然難以成佛，化為五輪之形，依作倒立之姿[23]」。但考量角色姓名間的關連，此段演出不無受《傾城反魂香》啟發的可能。

再者，合卷《天竺德兵衛韓噺》在德兵衛的身世揭曉、妖術習得上深受歌舞伎《天竺德兵衛韓噺》的影響。《阿國御前化粧鏡》裡，德兵衛經那伽犀那尊者傳授蝦蟇之術，獲悉生父為播磨國白旗（兵庫縣）的城主赤松滿祐。夷福亭主人則安排德兵衛以左肩上的三顆痣與生父吉岡宗觀相認，由宗觀傳授蝦蟇之術。若據德兵衛謀亂的行徑粗略劃分，《阿國御前化粧鏡》、《戲場花牡丹燈籠》皆提及那伽犀那尊者的涉入；合卷《天竺德兵衛韓噺》、《御家のばけもの》則向鶴屋南北的劇本靠攏，有效刪減繁雜人物、統整支線劇情。

此外，在宗觀與山名時五郎的合謀下，桂之介以「日夜耽溺酒色，自野宿之里召喚眾多遊女至府[24]」的形象登場。作為惡角的時五郎脫胎自歌舞伎《天竺德兵衛韓噺》，劇中視桂之介為情敵，設計盜取寶劍「浪切丸」。對於「御家騷動物」類型的作品

23　服部幸雄：〈さかさまの幽靈──悋気事・怨靈事・輕業事の演技とその背景──〉，《文學》55-4（1987），頁112。

24　夷福亭主人：《天竺德兵衛韓噺》，第2葉左側。原文：日夜酒色に耽り、野宿の里の傾城など数多館へねびきして。

來說，家主在奸臣引領下縱情聲色的情節並不罕見，但有趣的是同樣與《阿國御前化粧鏡》關係密切的山東京傳《戲場花牡丹燈籠》也安排了近江國城主之子小荻志賀之助受奸臣運藤太的慈惠「自淺妻之里召來眾多遊女，不分晝夜酒宴遊興，行止放浪無拘[25]」，形成相關作品間的情節呼應。

　　最後，在亡靈累現身的場面中有個值得玩味的差異。《阿國御前化粧鏡》裡，「累之亡靈（尾上榮三郎飾）懷抱幼主自行燈內倏然登場[26]」；合卷《天竺德兵衛韓噺》裡，「在掛於柱上的包袱巾中，由累的和服袖口燃起一簇陰火，彼端似有物現，遞伸纖纖細手，召喚小三[27]」。從行燈到和服袖口的變動雖不顯著，但對照《阿國御前化粧鏡》的繪本番付（圖1）與合卷插圖（圖2）可以發現亡靈的姿態大相逕庭。前者由下自上騰升而起，後者由上自下滑落而現。《天竺德兵衛韓噺》（1832）的繪本番付則將亡靈描繪為頭下身上的顛倒模樣[28]（圖3）。據天保4年（1833）1月刊行的《役者四季詠》記載，在《天竺德兵衛韓噺》的實際公演

25　山東京傳：《戲場花牡丹燈籠》（東京：ペリカン社，2006），頁75。原文：浅妻の里より数多の遊君を呼び寄せて、日夜を分かぬ酒宴遊興、放逸無残の振舞也。

26　鶴屋南北：《阿国御前化粧鏡》，收入《鶴屋南北全集》第1卷（東京：三一書房，1971），頁349。原文：行灯の内より、（栄三郎）、累の幽霊にて、いぜんの子をだき、ボツとあらわれ。

27　夷福亭主人：《天竺德兵衛韓噺》，第18葉左側第19葉右側。原文：柱に掛けたる風呂敷包みは、累が袖口より、一団の心火燃え出ると一しく、何やら向うに現れて、いと細かなる手を伸ばし、小三を招く様子なり。

28　《天竺德兵衛韓噺》繪本番付（天保3年8月河原崎座）第5葉左側，東京：早稻田大學演劇博物館藏本，1833刊本。

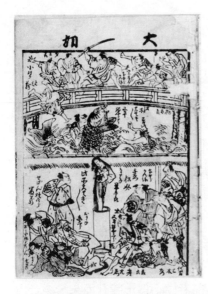

圖1　《阿國御前化粧鏡》繪本番付第6葉右側（文化6年6月森田座。早稲田大学演劇博物館蔵本。登録番號：ロ23-00001-0309）

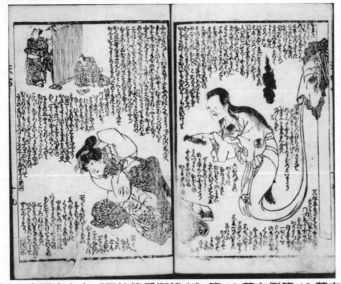

圖2　夷福亭主人《天竺德兵衞韓噺》第18葉左側第19葉右側（早稲田大学図書館蔵本）

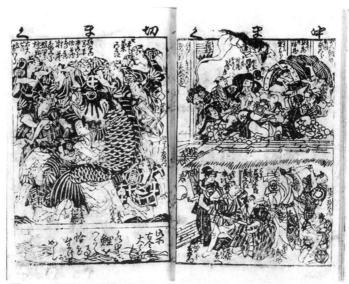

圖 3　《天竺德兵衛韓噺》繪本番付第 5 葉左側第 6 葉右側
（天保 3 年 8 月河原崎座。早稻田大學演劇博物館藏本。
登錄番號：ロ 23-00002-0142）

中，「（亡靈累）自与右衛門家中包袱巾內現身之橋段，獲古今罕
見之好評[29]」、「本劇架構較四谷怪談為佳，尤以盂蘭盆節提燈之
旨趣化作此次包袱巾的評價甚高[30]」，可知合卷《天竺德兵衛韓
噺》裡幽靈自包袱巾內的和服袖口滑出的姿態亦有所本，且深獲
觀眾的喜愛。事實上，《東海道四谷怪談》的亡靈阿岩由提燈現
身的演出並未見於文政 8 年（1825）7 月中村座的首演，而是三
世菊五郎（1784-1849）採用於天保 2 年（1831）8 月市村座的

---

[29]　轉引自《国立劇場上演資料集》119（東京：国立劇場調查養成部芸能
　　　調查室出版，1975），頁 38。

[30]　轉引自《国立劇場上演資料集》119，頁 38。

公演[31]。高橋則子考察《東海道四谷怪談》相關合卷《名残花四家怪譚》(1826)、《東海道四ッ谷怪談》(1832)的圖像差異時，指出前者反映初演情景，描摹亡靈阿岩自流灌頂[32]裡騰現；後者因應新貌，改繪幽靈自提燈向下滑出[33]。公演年份相近的《天竺德兵衛韓噺》變更《阿國御前化粧鏡》的安排，挪借迴響熱烈的演出手法，實不意外。其後，涉及亡靈累的演出各有承繼發揮，或據衣袖滑現之形，如安政 3 年 (1856) 7 月森田座的《菊累音家鏡》；或採行燈騰升之態，如弘化 3 年 (1846) 9 月中村座的《累扇月姿競》。合卷《御家のばけもの》記錄的天保 9 年 6 月公演《音菊家怪談》亦採後者形式。

整體而言，《天竺德兵衛韓噺》在角色背景、人物關係的塑造上多借鏡於前作，但相關說明較為簡潔，讀者需藉自身理解，始能體會故事要素交相呼應的趣味。值得肯定的是，作品刪除繁雜配角與支線（如以山三之妹銀杏假扮藝妓小三）、整合敘述脈絡，使得劇情更加緊湊易解。對於元信與阿國御前的性格、形象也進行若干調整，強化元信誓死盡忠的豪氣，突顯阿國御前不合常理的扭曲心態。

---

31 參見服部幸雄：〈さかさまの幽霊——悋気事・怨霊事・軽業事の演技とその背景——〉，頁 96。

32 流灌頂：將灌頂的白幡或塔婆流入川海，回向功德的法會。(日本国語大辞典第二版編集委員会編：《日本国語大辞典》第 10 卷，頁 113)

33 參見高橋則子：《草双紙と演劇》(東京：汲古書院，2004)，頁 400-403。

（三）圖像呈現：演員本位

　　《天竺德兵衛韓噺》的圖像出自一勇齋國芳的手筆。一勇齋國芳是歌川豐國（1769-1825）門人，以武者繪聞名於世，曾描繪「水滸傳」諸豪傑[34]，亦擅長役者繪與風景畫。

　　本作圖像可分為三種類型：書籍封面、卷首插圖、正文插圖。《天竺德兵衛韓噺》凡上下 2 卷，封面呈一連續圖像（圖4）。上卷是名古屋山三之妹銀杏、將軍使者細川政元，下卷是操控巨大蝦蟇的天竺德兵衛。對應內容為第 11 葉左側第 12 葉右側（圖 5），德兵衛佯裝將軍使者造訪名古屋山三宅邸，最終事跡敗露的場面。銀杏的髮飾、袖口裝飾、手中薙刀均與正文插圖一致，細川政元的肩衣紋飾與第 9 葉左側第 10 葉右側的插圖同為「角切角梶葉」，故得以確認角色身分。選擇描繪德兵衛、細川政元、銀杏，不全看重角色於故事裡的活躍程度，更著眼於天保 3年 8 月公演時《天竺德兵衛韓噺》的演員配置。飾演德兵衛的菊五郎是本劇主要演員，飾演細川政元的三津五郎是特別演出。在役割番付[35]的「口上[36]」中提及（圖 6），本次公演是尾上松綠 17回忌的追善，「由素蒙關照的坂東三津五郎、岩井粂三郎演

34　參見笹川臨風：〈国貞と国芳〉，收入《浮世繪大家集成》第 17 卷（東京：大鳳閣書房，1931），頁 6。

35　役割番付：歌舞伎中，記載登場演員的順位、戲劇名稱、演員名字（角色配置）的資料。（日本大辞典刊行会編：《日本国語大辞典》第 19卷，1976，頁 455）

36　口上：歌舞伎等表演中，役者與劇場負責人由舞台向觀眾致意的儀式。（服部幸雄、広末保、富田鉄之助編：《新版歌舞伎事典》，頁 184）

圖4　夷福亭主人《天竺德兵衛韓噺》上之卷封面與下之卷封面
（早稲田大学図書館蔵本）

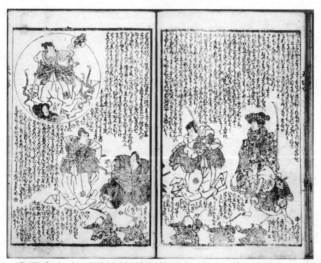

圖5　夷福亭主人《天竺德兵衛韓噺》第 11 葉左側第 12 葉右側
（早稲田大学図書館蔵本）

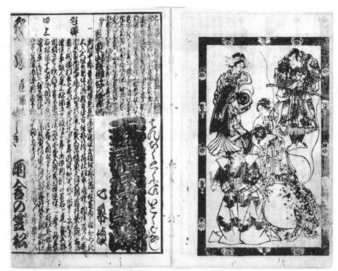

圖 6　《天竺德兵衛韓噺》役割番付第 1 葉
（天保 3 年 8 月河原崎座。早稲田大学演劇博物館藏本。
登錄番號：口 24-00007-005AS）

出[37]」，以吸引觀賞者的注目，右側插圖亦見菊五郎的德兵衛、
三津五郎的細川政元、粂三郎的傾城遠山。有趣的是，根據役割
番付、繪本番付、辻番付的記載，粂三郎並非銀杏的飾演者，但
渥美清太郎指出粂三郎擔當了銀杏假扮的藝伎小三[38]。從上卷封

---

[37]　《天竺德兵衛韓噺》役割番付（天保 3 年 8 月河原崎座）第 1 葉右側，
　　東京：早稲田大学演劇博物館藏本，1833 刊本。原文：御贔屓坂東三
　　津五郎、岩井粂三郎出勤仕候間。

[38]　參見渥美清太郎：〈解題・上演年表〉，《国立劇場上演資料集》119（東
　　京：国立劇場調査養成部芸能調査室出版，1975），頁 9。又，〈「天竺
　　德兵衛韓噺」上演年表〉，《国立劇場上演資料集》248（東京：国立劇
　　場調査養成部芸能調査室出版，1986，頁 17）指出《続歌舞伎年代
　　記》、《歌舞伎年表》均有粂三郎飾演藝妓小三的記載。附帶一提，《天

面的銀杏與國芳的役者繪（圖 7）「花ぞのひめ 岩井粂三郎」在
容貌特徵、衣著動作上的相似度來看，推測封面人物的原型正是
粂三郎。以人氣演員為合卷封面的背後，明顯具有迎合大眾喜好
的商業意圖。

　　其次，《天竺德兵衛韓噺》以唯一的卷首插圖（圖 8）描繪
德兵衛、元信、遠山、浮世又平。德兵衛、元信由尾上菊五郎飾
演、遠山由岩井粂三郎飾演、又平由坂東三津五郎飾演，可知角
色擇選標準與封面一致。德兵衛出現於元信右側的圓圈內，暗示
二角同為菊五郎所飾。事實上，菊五郎一人分飾多角、迅速換裝

圖 7　一勇齋國芳《花ぞのひめ 岩井粂三郎》
（早稻田大学演劇博物館蔵本。作品番號：100-9218）

竺德兵衛韓噺》（1832）的役割番付、繪本番付、辻番付皆標示小三的
飾演者為尾上榮三郎。

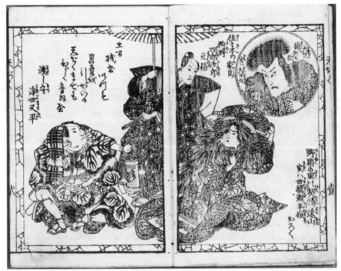

圖8　夷福亭主人《天竺德兵衛韓噺》第 1 葉左側第 2 葉右側
（早稻田大学図書館蔵本）

登場的演技正是本系列劇作的亮點之一。鶴屋南北《天竺德兵衛韓噺》的首演，便曾傳聞因德兵衛迅速改飾他角、舞台機關過於巧妙，產生操使天主教妖術進行演出的疑慮，引起幕府的關注[39]。又，插圖上另有「素蒙觀客厚愛，音羽屋之盛名遠播天竺[40]」的短句。「音羽屋」是尾上菊五郎、坂東彥三郎兩家的屋號，藉此讚揚菊五郎家的名聲。

　　最後，在正文插圖上，國芳善用「異時同圖法」，以主次畫面勾勒故事的不同進程。在第 11 葉左側第 12 葉右側的畫面裡

---

[39]　參見飯塚友一郎：〈解說　天竺德兵衛〉，《国立劇場上演資料集》248，頁49。

[40]　夷福亭主人：《天竺德兵衛韓噺》，第 2 葉右側。原文：土間桟処いつも、贔屓を引がいる。天竺までも、響く、音羽屋。

（圖 5），德兵衛斬殺葛城的景象見於左上圓框，乘煙而去的蟾蜍象徵蝦蟇之術的失效。畫面中央描繪名古屋山三、細川政元、銀杏、家僕鹿藏及大批手下包圍德兵衛的景象，詳盡呈現本段情節。又，在第 18 葉左側第 19 葉右側的畫面裡（圖 2），懷抱幼主的亡靈累將「月之御判」交託驚恐的小三，左上可見更換本名、頂替罪刑的与右衛門遭吏役拘捕，席地而坐的又平合掌祈福。國芳的細膩用心為《天竺德兵衛韓噺》帶來豐富充實的閱讀體驗。

三、《御家のばけもの》論析

（一）故事梗概

　　尾上梅幸的《御家のばけもの》刊於天保 10 年，凡 3 卷合 1 冊 30 葉，林屋正藏校合，五雲亭貞秀（1807-不詳）繪，現藏於專修大學圖書館、福井市立圖書館。後刷改題本有《音に菊御家の化物》，刊年不詳，現藏於台灣大學圖書館。改題本與《御家のばけもの》同版，刪除上中下 3 冊封面及襯頁、卷末廣告[41]，保存狀況欠佳，多蟲蛀、破損痕跡，部分字句無法判讀。拙論據國立劇場調查養成部出版《御家のばけもの》收錄之福井市立圖書館所藏越國文庫本影印暨全文翻刻、台灣大學圖書館藏《音に菊御家の化物》進行分析考察。

　　故事內容可分為兩大部分，前者同樣以近江國為舞台，後者

---

[41]　參見国立劇場調査養成部：〈解題〉，收入《御家のばけもの》（東京：日本芸術文化振興会，2012），頁 4。

是江戶讀者熟悉的兩國。作品描述：

室町時代，統領近江國的佐佐木賴賢寵愛美女阿國御前。賴賢逝後，阿國御前計畫勾搭家臣狩野四郎次郎元信，卻因家內紛爭不斷，暫居攝津國（大阪府）的世繼瀨平住所。瀨平之女遊女遠山與元信相戀，因思念情人，自遊廓脫逃，巧遇前往神社祈求畫道精進的元信，兩人結伴投靠瀨平。

又，賴賢家臣吉岡宗觀意圖奪權未果，切腹而亡。臨死前，向失散多年的兒子天竺德兵衛坦承本為大明朝臣木曾官，因仇恨足利將軍，遠渡日本為亂，傳授蝦蟆妖術，委託謀反大業。

遠山與元信落腳瀨平家。暗戀遠山的茨城門兵衛謊稱瀨平客死異鄉，意欲帶走遠山，正巧瀨平返家，事跡敗露。瀨平打算為遠山、元信舉行婚禮，阿國御前以殺害幼主、撕裂傳家寶物「鯉魚一軸」要脅元信遂其愛戀。元信激烈拒絕，砍殺阿國御前，切腹而死。

另一方面，天竺德兵衛佯裝盲人樂師造訪名古屋山三的住所，因身分暴露，跳入泉水，消失無蹤。隨後，再度假扮將軍使者不破伴左衛門前來。山三妻子葛城接近伴左衛門，遭砍殺身亡，鮮血破解德兵衛的妖術。

故事進入第二部分，元信部下又平與伯父木津川与右衛門互換名姓，四下探尋佐佐木家的寶物「鯉魚一軸」、「月之御判」。一日，又平與當鋪夥計商討取贖「鯉魚一軸」，藝人藤六前來討取照顧幼主的十兩津貼，商人羽生屋助四郎假意借款，趁機以火吹竹偷換「鯉魚一軸」。其後，藝妓累為替情人又平籌取贖款，在店主妙林的撮合下，決定委身助四郎。妙林是瀨平之妹，受託保管阿國御前的骷髏。累在梳妝時被骷髏覆上顏面，容貌毀壞，

並受阿國御前的怨念影響，誤解元信之妹繪合假扮的藝妓小三與又平關係曖昧，持鐮刀追殺而出。又平奪刀殺死累，拋入河中水葬。此時，裝著幼主的錢箱誤落河水，亡靈累現身，懷抱幼主離去。

又平因殺害累而遭到追查，与右衛門要求換回本名，代替承擔過失。累的亡靈於夜半出現，指使藤六撕除神符，進入又平家中，將幼主與拾撿到的「月之御判」交託小三。佐佐木家臣金五郎轉知「鯉魚一軸」的下落。又平追至兩國橋，與助四郎於橋上爭鬥。名畫落水，鯉魚自畫卷中游出，又平以配刀刺穿魚眼，終令「鯉魚一軸」回復原狀。

（二）內容特徵：借鏡經典

合卷《御家のばけもの》的情節與合卷《天竺德兵衛韓噺》大抵相近，但在陳述順序、細節描寫上略有不同。角色塑造更多沿襲前行劇作，且留心細節設定，延伸了故事的想像空間，提供更立體的人物形象。

其中，名古屋山三郎、不破伴左衛門、葛城的三角關係同樣承襲自「不破名古屋」的世界。在《傾城反魂香》裡，山三殺害情敵伴左衛門，花樓老闆提議「今急贖葛城為妻。與親長合心，將證文日期溯之前月，向上稟陳『居所覓得前，暫以客身逗留此地』，兩人早為夫婦一事顯而明白也。如此，昨日為止伴左衛門頻寄之書信即為情夫密文，倘以此為証，則申討姦夫眾之所諒，絕不致罪矣[42]」；在 1806 年出版的山東京傳《昔話稻妻表紙》

---

[42] 近松門左衛門：《傾城反魂香》，頁 91。原文：いますぐに葛城様を請

裡，侍女岩橋深獲伴左衛門的愛戀，卻與傾心的山三私奔，成為遊女葛城[43]。然而，《阿國御前化粧鏡》、合卷《天竺德兵衛韓噺》中，葛城佯稱一見傾心[44]，積極親近伴左衛門。兩人不僅素無淵源，後者更未著墨葛城的身分來歷。歌舞伎《天竺德兵衛韓噺》中，面對葛城突如其來的示好，斯波左衛門質疑「不愧曾為九條傾城，以色從良，故圖以美貌延緩紛失之浪切丸。呵，未悉他者之意，然敝人義照不喜陳腐花招，切勿多此一舉[45]」，以葛

け出して奧樣となされませ。親元と心を合わせて、証文の日付を前の月に遡らせ、お上へは、住居が見つかるまでこの家に客分として逗留いたしおりますと申し立てたら、前々よりの御夫婦にたること歷然、さすれば、昨日まで伴左樣がせっせとよこされた文はとりもなおさず密夫の申し文、それを証拠に申し立てたら、女敵討は天下のおゆるしゆえ、けっして罪にはなりませぬ。

[43] 參見渥美清太郎：《系統別歌舞伎戲曲解題》下の二（東京：日本芸術文化振興会，2012），頁44。

[44] 鶴屋南北：《阿国御前化粧鏡》，頁319。原文：さつきに始てお目にかゝり、てもマアりっぱな殿御じやと、ふっと思ふとやるせなふ、心で心を幾たびか、思ひかへせばいとゞ猶、忘られぬのがこの身の因果、あなたのお気にはそむまいけれど、どうぞ一度、わたしが願ひを、叶へて下さりませいなア（適才初見，即嘆君之俊美，頓感傷悲。數欲忘懷而不能，此身之因果矣。雖違君意，但請成全妾身心願）。
夷福亭主人：《天竺德兵衛韓噺》，第11葉右側。原文：最前あなたが御上使にお出の時より嫌味のない愛しいお方とついふっと思い染めしが、いや／＼／＼夫ある身のあられもない、こんなこと夫とり直せと思ひ切られぬ煩悩の心のたけを、今ここで筆に言わせている……（適才君以上使之姿現身，即嘆無絲毫嫌厭之處，誠可愛之人矣，而驟生愛戀。然身已事夫，宜斷念想，今於此假托筆墨，訴妾改適之意及難解之憂慮心緒）。

[45] 鶴屋南北：《天竺德兵衛韓噺》，收入《世話狂言傑作集》第2卷（東

城的過往經歷揣測其行為動機。直到《御家のばけもの》，葛城的「今日上使乃伴左衛門。昔於花街時，曾許終生約。不若捨棄此身，為今之夫君立節[46]」，重新沿襲舊有設定，再現三人間的情感糾葛。

此外，《御家のばけもの》以元信於祈求畫藝精進的歸途偶遇遠山，取代《天竺德兵衛韓噺》中元信為幼主祈求病癒的安排。微幅的變動挪借自《傾城反魂香》的主要情節，召喚元信出身畫師世家、繪藝精湛的印象。《阿國御前化粧鏡》的尾聲，破畫而出的鯉魚是室町中期的大和繪畫師土佐光信手筆，《御家のばけもの》則將「鯉魚一軸」更變為漢武帝舊物。「鯉魚一軸」與漢武帝的關連可見於享保 5 年（1720）8 月大阪竹本座首演的近松門左衛門《雙生隅田川》。故事裡，吉田行房受託保管漢武帝手繪的「鯉魚一軸」。又，「返魂香」典出白居易〈李夫人〉的「漢武帝，初喪李夫人。夫人病時不肯別，死後留得生前恩。君恩不盡念未已，甘泉殿裏令寫眞。丹青畫出竟何益，不言不笑愁殺人。又令方士合靈藥，玉釜煎煉金爐焚。九華帳深夜悄悄。反魂香降夫人魂[47]」。「鯉魚一軸」來歷的變動隱約呼應《傾城反魂香》的傳說背景，為作品增添了奇幻的異國色彩。

京：春陽堂，1925），頁 82。原文：流石に以前は九條の傾城、色を商ひ召されしゆゑ、色で仕掛けて紛失の浪切丸の日延べの願ひが、はゝゝゝ、餘人は知らず此義照、古手な馳走は食べ申さぬ、馬鹿な事を。

46 尾上梅幸：《御家のばけもの》，頁 112-113。原文：今日の上使は伴左衛門。君傾城の勤めの折、二世と交はした夫ゆへ、いつそこの身を捨てゝ、今の夫へたてるが操。

47 謝思煒撰：《白居易詩集校注》（北京：中華書局，2006），頁 405。

　　另一方面，累以亡靈之姿登場於故事尾聲的橋段耐人玩味。《阿國御前化粧鏡》安排藤六、助四郎、權九郎、茨木逸當四人分享怪談，等待又平出面解說案情：

> 助四：則怪談。
> 眾：始乎。
> （眾人集聚。鼓聲微響，行燈內倏地竄升陰火。四人見之，愕然倒地，皆作難以站立之姿。逸當、權九郎向前逃躲，助四郎朝左，權九郎朝右方竹籬內躲藏。靜謐的伴奏中，報時鐘聲響起，小三自暖簾口[48]堂堂登場）[49]

有趣的是，《御家のばけもの》在眾人以怪談排遣無聊外，添加了以下內容[50]：

> 秋夜既深，子時將近，与右衛門房舍之後門小路，微聞按

---

[48]　暖簾口：大型道具用語。在庶民房舍的場景中，設置於建築物正面的制式出入口。（服部幸雄、広末保、富田鉄之助編：《新版歌舞伎事典》，頁 336）

[49]　鶴屋南北：《阿国御前化粧鏡》，頁 348。原文：助四：さらば化物噺の。皆々：始めふか。（ト皆々、こぞり寄り。うすどろ／＼になり、行灯の内より、ボツと陰火立ちのぼる。四人、これを見て、アツと倒れ、皆々足の立ぬこなし。逸当、権九郎は向ふへ逃て入。助四郎は下の方、権九郎は上の方、柴垣の内へ逃込。トしんとしたる合方、時の鐘にて、のうれん口より、小三、つか／＼と出〉

[50]　国立劇場調査養成部：〈解題〉，收入《御家のばけもの》，頁 7 中亦提及作品添加「撕除神符」的情節。

摩、毛豆、蕎麥麵販之聲響。藤六於內久候不耐，悠然步
出後門，忽有腥風襲來，不覺毛骨悚然，懼怕惶恐，不意
回首，累之幽靈乍現。懷抱月若，身影迷離，形容詭異。
藤六轉頭大驚，「啊，幽靈」，意欲逃躲，無以站立，拖曳
衣襟爬竄，面色鐵青，簌簌顫抖，不發一語，徒留喘息，
抱頭頹臥於地。累雖欲自後門入內，然因門戶張貼神符，
無以進屋，遺憾之際，招呼藤六，張口請託。藤六全然不
解，連呼可怖，驚懼伏臥。又因累之召喚，終緩步近前，
見累以手示門戶神符，藤六漸而領會，問「欲撕除乎」，
惶然撕除丟棄。累速至窗櫺旁，道謝致意，藤六再度伏地
51。

51　尾上梅幸：《御家のばけもの》，頁 122-123。原文：はや更け渡る秋の
夜の九つ前ともいふ時分、与右衛門が裏口通り、按摩枝豆夜蕎麦売り
声もかすかに聞こゆれば、以前の藤六奥に待ちくたびれ、のさ／＼裏
口出掛かりて、ふつと生臭き風吹きたり。なにやら身の毛ぞく／＼と
怖さも怖い臆病に、なに心なく振り返れば、ぬつと出でたる累の幽
霊。月若抱いてほうほつとものすごくこそ見へければ、藤六振り向き
びつくりして、「やア、幽霊か」と逃げ行くを、腰も立たぬに襟引き
ずり、色青ざめてがた／＼震へ、なんにも言はづ息ばかり、そこへ倒
れてかゞみゐる。累は裏口入りたくも、かの戸守りの貼りてあるゆ
へ、家へ入られぬ無念さに、手を招き藤六を口の内にて頼めども、な
にやら分からぬ藤六は、怖い／＼に恐れ伏し、またも累が招くゆへ、
やう／＼腰をすりながらそばへ行くと見へければ、累手で教えたる門
口守りやう／＼藤六心付き、「離してくれといふことか」と怖々守り
を引き離し取つて捨てれば、累はすぐに引窓の連子のそばへ来掛かり
て、「かたじけない」と拝むぞ、藤六またもや倒れ伏す。

幽靈遭神符阻擋於外的情節，遙遙呼應〈牡丹燈記〉裡，得知符麗卿身分的喬生向魏法師求助，「法師以朱符二道授之，令其一置於門，一置於榻，仍戒不得再往湖心寺。生授符而歸，如法安頓，自此果不來矣[52]」。指使第三者撕除神符的橋段，再現於 1861 年三遊亭圓朝的落語《怪談牡丹燈籠》。鄰人伴藏在幽靈的請託下，「拿取一丈二尺長梯，置於萩原住所內側窗緣，雙足顫抖登梯而上，伸手揭符，卻因顫慄過劇未能如願。遂奮力一撕，揭除瞬間，驚於長梯晃動，失足倒栽落田中，無力起身，單手緊抓神符，顫抖出聲，惟唸南無阿彌陀佛[53]」。古井戶秀夫在鶴屋南北《天竺德兵衛韓噺》的研究中指出，再度公演時，尾上松助飾演的亡靈五百機請託家主杢右衛門撕除門上神符，與圓朝《怪談牡丹燈籠》的意趣相近[54]。《御家のばけもの》的此段添筆或受《天竺德兵衛韓噺》的演出影響，並與《怪談牡丹燈籠》形成

---

[52]　瞿佑：《剪燈新話》（上海：上海古籍出版社，1993），頁 107。

[53]　三遊亭圓朝：《怪談牡丹燈籠》（東京：岩波書店，2014），頁 139。原文：二間梯子を持出し、萩原の裏窓の節へ立て懸け、慄える足を踏締めながらようよう登り、手を差伸ばし、お札を剝そうとしても慄えるものだから思うように剝れませんから、力を入れて無理に剝そうと思い、グッと手を引張る拍子に、梯子がガクリと揺れるに驚き、足を踏み外し、逆とんぼうを打って畑の中へ轉げ落ち、起上る力もなく、お札を片手に摑んだまま声をふるわし、ただ南無阿弥陀仏南無阿弥陀仏と云っている。

[54]　參見古井戶秀夫：《評伝 鶴屋南北》第 1 卷（東京：白水社，2018），頁 701。又，高田衛在《江戶文学の虛構と形象》（東京：森話社，2001，頁 345）中指出，《怪談牡丹燈籠》的「撕除神符」見於延寶 6 年（1678）的怪談集《御伽物語》，圓朝參考的則是改寫本《怪談笈日記》。

巧妙的連結。

　　再者，《御家のばけもの》多穿插演出狀況的說明，或評點表演技巧，或預告後續發展。在累的亡靈懷抱幼主現身的描述中提到，「忽陰火燃起，面貌詭異的幽靈累驀然自池中清晰現身，手抱月若，口銜月之御判，誠駭人矣。狂風簌簌，觀者莫不以為梅幸之幽靈也[55]」。梅幸，是三世尾上菊五郎的俳名，在 1838 年公演的歌舞伎《音菊家怪談》中擔任累的角色。本段敘述安排真實的役者名號出現於虛構的文本世界，可知作者著重讀者共鳴的引發更甚切合故事背景的室町時代，亦側面突顯出梅幸的幽靈演技聞名當世。

　　又，累的亡靈離開後，「又平、阿宮深感驚詫，直嘆『可怖執念也』。鏘鏘鏘，拍子木聲中，雲幕拉起。累以幽靈之姿於客席觀眾上方一展宙乘絕技。古今罕見樣貌，觀者莫不驚懼。累之幽靈，實為元祖，又平、阿宮如臨劇場驚睹怪談[56]」。從舞台布幕、音效表現到演員的「宙乘[57]（Cyunori）」路徑，作者詳細勾

---

[55] 尾上梅幸：《御家のばけもの》，頁 118-119。原文：たちまち陰火燃え立つて池のうちよりあり／＼と、怪しの姿累が幽魂、忽然と現れ出で、月若抱いて月の御判を口にくわへて、さも恐ろしき姿にて風ざつ／＼とものすごく、さも梅幸が幽靈かと見る人疑ふばかりなり。

[56] 尾上梅幸：《御家のばけもの》，頁 120。原文：又平おみやはびつくりして、「ても恐ろしい執念じやなア」と柳に雲の狂言幕、チョン／＼／＼と引き付ければ、累が姿そのまゝに土間の見物その上を宙に乗つたる離れ業。古今稀なる有様は、見る人なほも恐ろしく、累の幽靈根本元祖、いつか芝居の話のごとく、ものすごくこそ見へにけれ。

[57] 宙乘：役者的身軀吊掛空中，於舞台或向花道，觀眾席上方移動飛行的特殊演出。（服部幸雄、広末保、富田鉄之助編：《新版歌舞伎事典》，頁 283）

勒演出樣貌，帶予讀者身歷其境的參與感。故事尾聲，藝人藤六目睹靈異景象，感嘆「本次夏季歌舞伎，菊五郎於堺町劇場[58]飾演出水幽靈怪談，誠美艷之姿。自池中現身，環顧四方之面容淒厲可怖，適今夜亦逢此懼事也[59]」，是虛實交錯的另一範例。此外，在元信砍殺阿國御前後，可見「此般執念亦將再現，附身於累，因緣之始乃阿國御前之業，其念將現於末尾。應銘記本作故事於心，細加閱覽。諸童子，知否知否[60]」的說明，提示情節要點，展現作者訴求，帶來彷若講談般的親切氛圍。

整體而言，《御家のばけもの》擅長利用簡單的添改彰顯相關作品的影響，藉由演出狀況的說明帶入觀劇氣氛。強烈的戲劇特徵與作品性質、作者背景有著密不可分的關係。以尾上梅幸為作者的《御家のばけもの》是典型的「役者名義合卷」。據曲亭馬琴《近世物之本江戶作者部類》記載，「假歌舞伎役者之名為草雙紙作者一事，乃文化年間，時澤村宗十郎尚稱源之助，書賈西村源六借其名號，委人代作之草雙紙，為當時婦孺玩賞，流行甚廣。自此，書肆每年刊行伴稱人氣役者作品之草雙紙[61]」。代

58　指位於堺町（東京日本橋人形町）的中村座劇場。

59　尾上梅幸：《御家のばけもの》，頁 124。原文：この夏芝居に堺丁の芝居で菊五郎が池から出た幽霊の不思議、なんときれいなもの。池のなかからぬっと出て、辺り見回すその顔のすごいこと。ちやうど今夜もそのとほり、怖い目に遭ふものだ。

60　尾上梅幸：《御家のばけもの》，頁 111。原文：この執念も後に現れ、累に取りつき、因縁の元の起こりは、お国御前のなすわざと、思ひは末に現せし。この本の物語よく／＼心にとどめ御覧くださるべく候。御子様方、御承知か／＼。

61　曲亭馬琴：《近世物之本江戶作者部類》（東京：岩波書店，2014），頁

作者的身分多以序文作者、校閱者的形式揭示[62]。《御家のばけもの》為林屋正藏校合。林屋正藏是江戶著名落語家,「殊得怪談之妙,人稱斯道泰斗[63]」,曾參與文政 8 年（1825）鶴屋南北《東海道四谷怪談》的首演籌畫[64],「才氣橫溢,文字工巧,詠狂歌,能操義太夫節,又兼擅戲文,著述多部草雙紙[65]」。是以,序文載有「此為家喻戶曉之怪談元祖林屋正藏。近年著筆繪草紙,故與之商談,同為怪談夥伴而受託校閱[66]」,揭示林屋正藏的怪談背景;文末則有「初春起仍於兩國周知之定席靜候眾位嘉賓蒞臨[67]」,提及林屋正藏的落語定席。《御家のばけもの》若由林屋正藏執筆,或可理解作品善於營造怪談氣氛的緣由。

　　回顧內文,屢見作者細膩勾勒天候時序、角色舉止,引領讀

82-83。原文:歌舞伎役者の名を仮りて、臭草紙にその作名をあらはすことは、文化年間、書賈西村源六が、沢村宗十郎のなほ源之助といひし比、その名を借りて、ある人に代作させし臭草紙、当時婦女子に賞玩せられて、甚しく行れしかば、是より地本問屋等、当場の役者の作と伴る臭草紙を年毎に印行することになりたり。

[62]　參見佐藤悟:〈解題　付役者名義合卷作品目錄〉,收入《役者合卷集》（東京:國書刊行會,1990）,頁 419-420。

[63]　双木園主人編述:《江戶時代戲曲小説通志:二篇後編》（東京:誠之堂書店,1894）,頁 107。

[64]　延広真治:〈怪談咄の成立──初代林屋正藏ノート〉,《国文学:解釈と教材の研究》19-9（1974）,頁 83。

[65]　双木園主人編述:《江戶時代戲曲小説通志:二篇後編》,頁 107-108。

[66]　尾上梅幸:《御家のばけもの》,頁 99。原文:是にをり升るは御ぞんじ化物ばなしの元祖林屋正藏にござり升る。年ごろ絵草紙を作いたし升る故此仁と相談いたし、同じばけ物仲間ゆへ校合いたさせ。

[67]　尾上梅幸:《御家のばけもの》,頁 126。原文:相変はらず早春より両国御存知の定席へ永当／＼御来駕のほどひとへに／＼奉希候。

者進入陰冷恐怖的敘事空間。前述藤六遭遇亡靈請求撕除神符的橋段，即費心描繪深夜淒清的市街景象。亡靈現身阿宮、惡人伊平太眼前的橋段，則以「風聲簌簌，樹梢搖曳。大雨忽襲，雷鳴驟響。轟隆轟隆，雷電彷劈落柳樹下，兩人益加惶恐僵立。風狂雨驟，迎面而至三度笠[68]，疑作旅人，與伊平太錯身。來途中，不思議也，累之怨靈乍顯，騰然而立，滿面仇怨，現於樹叢陰影處之石地藏前[69]」，鋪陳雷電交加的荒野情狀。相較《阿國御前化粧鏡》、合卷《天竺德兵衛韓噺》的敘述，以情景烘托整體氛圍的特徵更加顯著。

　　附帶一提，延広真治據末頁描繪的菊五郎、二三治、貞秀、正藏圖像，以及役者名義合卷多由歌舞伎狂言作家代筆的情況，推測三升屋二三治或為本作真正的執筆者[70]。無論如何，《御家のばけもの》在戲劇要素的運用、演出色彩的強化、情境描寫的著重上多有用心，儘管第 25 葉右側出現誤植「月若」為「豐

68　三度笠：斗笠的一種。帽型較深，大致隱藏顏面，亦稱「大深」。多為郵差、商旅使用。（日本国語大辞典第二版編集委員会編：《日本国語大辞典》第 6 卷，頁 368）

69　尾上梅幸：《御家のばけもの》，頁 120。原文：風さう／＼と梢を鳴らし、にはかに降り来る大雨とともに鳴り出す大雷。どろ／＼／＼と鳴動して、柳の木の下へ雷落ちれば、両人はなほも恐れて立ちすくむ。雨風激しきその折しも、向かふより来る三度笠。旅人と見へて伊平太とすれ違ふ。来掛かるうちにまた不思議や、累が怨霊現れて、すつくと立ちて恨めしげに、藪の木陰の石地蔵に姿は現せり。

70　參見延広真治：〈怪談咄の成立——初代林屋正蔵ノート〉，《国文学：解釈と教材の研究》19-9，頁 84。

若」的一處疏失[71]，但作品完成度仍略勝合卷《天竺德兵衛韓噺》。

（三）圖像呈現：戲劇趣味

　　《御家のばけもの》的圖像為五雲亭貞秀之作。五雲亭貞秀是江戶後期到明治初期的浮世繪師，擅長描繪異國人物，被視為「橫濱浮世繪」的第一人者[72]。創作早期的天保年間亦多參與讀本、草雙紙的圖畫製作，並為林屋正藏的笑談故事描繪插畫[73]。

　　在書籍封面上，《御家のばけもの》計上中下 3 卷，封面亦是連續圖像。上卷是天竺德兵衛，下卷是葛城。由背景繪有木琴一座推測，對應內容或為德兵衛佯裝將軍使者造訪山三宅邸，遭葛城破解妖術，挫敗而逃的場面，則中卷應是山三之妹銀杏。但若比對人像眉眼、鼻形、臉部輪廓，似與正文插圖中的累更加相近。《御家のばけもの》據天保 9 年 6 月公演的歌舞伎《音菊家怪談》作成，累的飾演者是主要演員尾上菊五郎。由上演時的役割番付可知，菊五郎亦擔當天竺德兵衛的角色。上卷的德兵衛出現於黑塗菊蒔繪立鏡中，中卷的女子則置身鏡前，鏡裡鏡外，交相對應，暗示菊五郎一人分飾二角的演出情景。且女子身後隱約

---

[71]　国立劇場調査養成部芸能調査室出版《御家のばけもの》頁 123，在「とよ（豐）若」的文字右側以括號訂正為「つき（月）」。

[72]　參見神奈川県立歴史博物館編：《橫浜浮世絵と空とぶ絵師五雲亭貞秀》（橫濱：神奈川県立歴史博物館，1997），頁 15。文中提及，描繪橫濱浮世繪的繪師近 50 人，首屈一指者即五雲亭貞秀。

[73]　參見神奈川県立歴史博物館編：《橫浜浮世絵と空とぶ絵師五雲亭貞秀》，頁 7。

可見鐮刀一把，或與容貌盡毀的累慘遭又平以鐮刀殺害的結局相關。可知，《御家のばけもの》在選擇封面角色時，亦著眼飾演者的身分，為了描繪尾上菊五郎與尾上菊次郎，另行安排了封面構圖。

其次，在卷首插圖上，由於《御家のばけもの》的全書葉數為《天竺德兵衛韓噺》的 1.5 倍，插圖數量略有差異。《御家のばけもの》的卷首插圖共計 5 幅。單葉 3 幅，描繪①天竺德兵衛、②狩野元信與亡靈累、③名古屋山三與盲人樂師。在元信與累的圖像上（圖 9），題有「起源阿國御前執著之怨念，後附身木下川与右衛門（筆者注：本名又平）妻累之圖。此乃本劇大

圖 9　尾上梅幸《音に菊御家の化物》卷首插圖
第 2 葉左側第 3 葉右側（國立台灣大學圖書館藏本）

意，故揭於此[74]」，說明與《阿國御前化粧鏡》的關連性。另有雙葉插圖 2 幅，描繪④不破伴左衛門、細川政元、葛城御前、⑤与右衛門、又平、亡靈累。值得玩味的是，插圖中的德兵衛、細川政元、狩野元信、盲人樂師、与右衛門皆由菊五郎一人飾演；亡靈累則由菊五郎以女形[75]（Onnagata）名義演出。5 幅圖像無一不見菊五郎的登場，可知卷首插圖與封面的描繪主題均深受角色飾演者的影響。

　　最後，在正文插圖上，圖像的優劣落差明顯，部分插圖缺乏背景，甚至出現全葉文字的情況。值得關注的特徵有二：其一、演出色彩濃厚。除了第 26 葉左側的卒塔婆上題有「古今罕見之大成功、大繁昌、大好評[76]」的劇場用語外，第 29 葉左側第 30 葉右側可見劇場遠景及標示「怪談」的宣傳旗幟，第 18 葉左側第 19 葉右側的插圖（圖 10）更嘗試呈現演出情景，將定式幕[77]繪於葉面左側。這個作法顯然延續文化 12 年（1815）刊行的柳亭種彥《正本製》再現歌舞伎舞台於紙面的影響，提供讀者如臨劇場的感動。

74　尾上梅幸：《御家のばけもの》，頁 101。原文：発端於国御前執着の怨念、後に木下川与右衛門妻累に乗りうつるの図。これ狂言の大意ゆゑ爰にあらはす。

75　女形：歌舞伎的女性角色的總稱，及飾演女性角色的役者。（服部幸雄、広末保、富田鉄之助編：《新版歌舞伎事典》，頁 99）

76　尾上梅幸：《御家のばけもの》，第 26 葉左側。原文：古今稀成大当り大繁昌大入／＼／＼。

77　定式幕：劇場常備的左右開閉之三色布幕。（服部幸雄、広末保、富田鉄之助編：《新版歌舞伎事典》，頁 231）

**圖 10　尾上梅幸《音に菊御家の化物》第 18 葉左側第 19 葉右側
（國立台灣大學圖書館藏本）**

　　其二、未於人物衣袖標示角色姓名的縮寫。不同於《天竺德
兵衛韓噺》的作法，《御家のばけもの》省略了合卷常見的人物
標名。讀者除了參照卷首插圖的介紹外，亦可憑藉觀劇印象，配
合繪師對角色飾演者的外貌特徵、家紋衣飾的描摹，推敲人物身
分。又，高橋則子指出，草雙紙對歌舞伎的利用亦有採取「在登
場人物的服飾上描繪役者紋或替紋，引導讀者聯想歌舞伎演員的
作法。其後，讀者藉由聯想暗示的歌舞伎役者從中獲得趣味的這
種益智遊戲性逐漸提高。登場人物衣飾上描繪的不是眾所知曉的
役者紋或替紋，而是該役者喜好的紋樣。讀者對作品理解的深淺
隨著對喜愛的歌舞伎役者的認識多寡而有差異[78]」。在《御家の

---

[78]　高橋則子：《草双紙と演劇》，頁 6。

ばけもの》中，助四郎衣飾上的圓形鶴紋是飾演者坂東彥三郎的
定紋「音羽屋鶴之丸」；又平殺害累時，身著「縱線 4 條、橫線
5 條交錯的格紋，中有キ、呂字樣」，是象徵「キ九五呂」的
「菊五郎格子」，指涉飾演者尾上菊五郎[79]。可知，服飾圖樣的安
排別有用意，可為戲劇愛好者帶來額外的閱讀趣味。

四、結語

　　《天竺德兵衛韓噺》、《御家のばけもの》以合卷體例呈現歌
舞伎《天竺德兵衛韓噺》（1832）、《音菊家怪談》（1838）的演出
樣貌。故事內容沿襲《阿國御前化粧鏡》的御家騷動、天竺德兵
衛的陰謀、亡靈累的悲劇、「鯉魚一軸」的奇異，刪除〈牡丹燈
記〉的趣向，並借鏡前行戲劇，調整角色關係，召喚觀眾的共同
記憶，引發鑑賞共鳴。劇名與合卷題名扣合情節改易，《天竺德
兵衛韓噺》簡化元信與阿國御前的情感糾葛，聚焦德兵衛的奪權
陰謀；《音菊家怪談》、《御家のばけもの》渲染亡靈累登場的陰
森可怖，形塑怪談氛圍。儘管整體缺乏獨創性，仍可見細處巧
思。值得留意的是，鈴木重三指出天保初年，正本寫合卷、役者
名義合卷的出版漸衰，將中國小說與日本古典文藝改寫為合卷的
風潮興起[80]，然而《天竺德兵衛韓噺》、《御家のばけもの》並未
添補《阿國御前化粧鏡》的〈牡丹燈記〉趣向，推測兩作在演出

---

[79] 「キ九五呂」的發音同「菊五郎」。
[80] 參見鈴木重三：〈後期草双紙における演劇趣味の檢討〉，《国語と国文
　　学》35-10（1958），頁 144。

內容的再現上應具一定的信憑度[81]。

　　其次，從典據考察與情節比對可知，作品間的連繫是錯綜且複雜的。《天竺德兵衛韓噺》、《御家のばけもの》或難視為〈牡丹燈記〉影響下的產物，卻是以其相關作品為書寫契機、承繼主要構想的創作。若將《天竺德兵衛韓噺》、《御家のばけもの》置於《阿國御前化粧鏡》與保留〈牡丹燈記〉趣向的當代公演間，或可明瞭文藝的歷時變化，揭示不同時空背景、創作考量下，〈牡丹燈記〉要素的沿襲、刪略與回歸。

　　此外，論述中發現《傾城反魂香》描寫幽靈在燈火映照的紙門後暴露原形，呼應〈牡丹燈記〉的重要橋段，影響《阿國御前化粧鏡》的戲劇展現；《東海道四谷怪談》的亡靈阿岩自提燈滑落，成為《天竺德兵衛韓噺》的亡靈累自包袱巾內現身的姿態。又，藉由考察《御家のばけもの》添加幽靈請求撕除神符的情節，連結《怪談牡丹燈籠》異曲同工的趣味。作品間的相似要素或出於直接影響，或歸因相同本源，或是作者們心有靈犀的安排。透過交相指涉的情節，似能看出部分戲劇要素與文學想像已成為此期創作的共同基盤，在反覆利用中獲得普遍的傳播與認識。

　　作為本章小結，試以下圖彙整《天竺德兵衛韓噺》、《御家のばけもの》與各作品要素間的影響暨異同，並將就此基礎，持續釐清〈牡丹燈記〉與江戶文藝的聯繫。

---

[81]　郡司正勝在〈《阿国御前化粧鏡》解說〉（頁 495）中指出，合卷《天竺德兵衛韓噺》的序文揭示歌舞伎上演的 8 月下旬完成作品草稿，應留存不少當時的舞台樣貌。

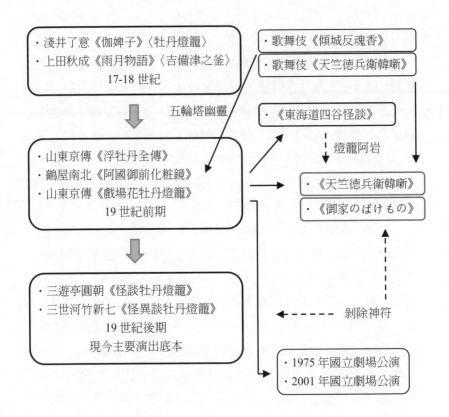

第三章
合卷《浮世一休廓問答》論析

一、緒論

　　19 世紀前期的江戶文藝中，除卻《浮牡丹全傳》、《阿國御前化粧鏡》、《戲場花牡丹燈籠》，同樣秉受〈牡丹燈記〉影響的還有柳亭種彥的合卷《浮世一休廓問答》（1822）。《浮世一休廓問答》，一名「風流牡丹燈籠之記」，借鏡 15 世紀後期以來廣泛流傳的一休故事，攝取〈牡丹燈記〉的趣向，完成融合中日文化要素、展現獨特創意的作品。序言的「本書原擬作讀本，旨趣大致底定，卻因故未能完稿。然就此廢棄誠然可惜，故去其繁重，唯摘其要，以為繪草紙[1]」，透露最初擬採讀本形式刊行，預期讀者原以具備漢字讀解素養的成人為主，側面反映出《浮世一休廓問答》在取材與構成上的別具用心。

　　在論述展開前，簡單介紹《浮世一休廓問答》的出版訊息與

---

[1]　柳亭種彥：《浮世一休廓問答》（東京：博文館），頁 475。原文：此冊子は読本を綴らんとて、大むね趣向をまうけおきしが、障ることありて、草稿を終ず。然ればとて、反古にせんも口惜しく、其繁きをはぶき、唯要を摘で、例の絵草紙とはなしぬ。

內容梗概。柳亭種彥的《浮世一休廓問答》刊於文政 5 年，凡 6 卷 30 葉，歌川豐國繪，江戶永壽堂西村与八出版。現藏於日本國立國會圖書館、東北大學圖書館、早稻田大學圖書館等處。拙論據博文館出版《種彥短篇傑作集》收錄之全文翻刻、早稻田大學圖書館藏本影像進行分析考察。故事敘述：

室町時代，和泉國石津里（大阪府）的武士松風左衛門音良年高無子，遂以女兒香取的夫婿墨繪之助為養子。同年，繼室村萩御前誕下長子古賀之丞。十五年後，左衛門過世，墨繪之助繼承家業。此時，高須（大阪府）的花街有位貌美的遊女小地獄，繼承一休禪師的弟子遊女地獄的名號，與墨繪之助交情深厚。正月元日，墨繪之助前往花街遊樂。藝妓可祝（かしく）求見，自述丈夫花川六三郎原是墨繪之助的隨從，因誤壞一休禪師的字畫，遭驅出宅邸。可祝代旅外研習武藝的六三郎致歉，墨繪之助則允諾接回夫婦二人。隨後，可祝巧遇配戴狐狸面具的兄長闇平，得知闇平受村萩御前委託計畫殺害墨繪之助，遂建議闇平埋伏歸途，襲擊駕籠。是夜，可祝作為墨繪之助的替身，險命喪闇平刀下時，闇平突遭不明人士砍殺致死，可祝倖免罹難。

翌日，花街門前，松風家的家臣野上干平、提婆太郎偶遇村萩御前為小地獄贖身。村萩御前安排小地獄入住高師濱（大阪府高石市）的宅邸，與香取分居東西兩側，中央則為墨繪之助的書室。一日，小地獄夜訪墨繪之助，顧慮香取可能探望，兩人不便同宿。古賀之丞突然現身，自薦佯裝兄長，代為坐禪。墨繪之助遂同小地獄返回臥處，獨留古賀之丞於書室。深夜，香取至，古賀之丞以烏鴉摺扇立誓，傾訴衷情，香取堅決抗拒。雙方追逐中，墨繪之助破門而入，揮刀砍殺古賀之丞，屍首橫越圍欄，墜

落池中。原來，墨繪之助接獲古賀之丞的密文，懷疑香取暗通姦夫，前來追討。得知誤殺古賀之丞，墨繪之助在香取的建議下，與小地獄連夜逃走。不久，村萩御前聞風而至，拾獲密文，要求查明真相，卻遍尋不著古賀之丞的屍體。此時，周防國（山口縣）的大內義弘興兵造反，率領數萬軍士於高師濱轉乘舟楫，前赴戰場。村萩御前只得暫緩追究，攜家人迅速遷移他所。

　　戰爭延續五年，將軍足利義持在三井寺的木公法師協助下，擊敗大內義弘，取得勝利。村萩御前對古賀之丞的亡故深懷遺恨，視香取的紅杏出牆為禍事根源，由提婆太郎委託野上干平刺殺香取。干平暗自派遣妻子小夜衣陪同香取逃往高師濱的宅邸。

　　宅邸因戰亂荒廢寥落。薄暮時分，可祝與丈夫花川六三郎尾隨一男子進入宅邸。在書室前尋回男子盜走的瓦器，檢視當中所藏的一休禪師字畫、名為「山杜鵑」的小鼓。可祝拍打小鼓，月光下出現一貌美少年持扇起舞。六三郎伸手懷抱，少年化作一縷輕煙，僅捕捉到一支芒草。芒草下方有一骷髏，骷髏口中啣一摺扇。六三郎不及深究，忽聞人聲，遂與妻子藏身陰影。來者是野上夫婦與香取。干平擬殺害小夜衣，放火焚燒屋舍，再以妻子首級謊稱香取，欺騙村萩御前。香取極力勸阻，可祝現身，自薦替死。小地獄與墨繪之助意外登場，墨繪之助表示香取全無罪過，不需替身，並自述盜取六三郎的瓦器，引誘兩人前來相聚。同時，由骷髏口中取出摺扇，以牡丹燈籠照看，發現記載古賀之丞的一片苦心。原來，美少年是古賀之丞的幽靈。古賀之丞已知母親委託提婆太郎暗殺兄長，特意佯裝愛慕香取，誘使墨繪之助砍殺，中止家業繼承的紛爭。墨繪之助的縱情花街亦是顧慮村萩御前的心思，希望藉此放棄繼承，轉交古賀之丞。感嘆中，忽有長

鎗飛至，刺穿可祝衣袖上的骷髏。六三郎揪出兇手提婆太郎。可祝看著衣袖上的長鎗，想起驟遭殺害的兄長。干平掏出遺落現場的狐狸面具，坦承砍殺闇平，可祝將狐狸面具截為兩半，象徵為兄長復仇。

此時，月色朦朧，牡丹燈籠的火光明滅，古賀之丞的幽靈現身，請求墨繪之助解救即將被火車載往地獄的村萩御前。墨繪之助出手援救，村萩御前羞愧不已，決定改過遷善，出家修行。古賀之丞的遺憾盡釋，成佛超脫，消失無蹤。墨繪之助因戰爭期間佯作木公法師，協助平定亂事，大獲將軍封賞，重振家業。

二、〈牡丹燈記〉的影響

《浮世一休廓問答》的前後帙封面圖像可見，珠翠滿頭的唐裝女子與富麗雍容的牡丹花，左側描摹掀起的書帙，揭露卷冊題簽「一名風流牡丹燈籠」（圖 1）；前帙封面襯頁記有「一名風流牡丹燈籠之記」，右側描繪手持牡丹燈籠的唐裝女子（圖 2），均隱隱呼應〈牡丹燈記〉的故事要素。在情節異同上，文本的後半內容值得關注。

首先，僕役花川六三郎夫婦跟隨盜取瓦器的墨繪之助踏入高師濱宅邸，遭遇幽靈古賀之丞的橋段，與〈牡丹燈記〉裡，婢女金蓮手挑燈籠引領小姐符麗卿造訪喬生居處的場面，在行動主體、目的地上略有差異，稍近於故事尾聲中金蓮強攜負心喬生至湖心寺會見幽靈符麗卿的安排，但行動主體依舊不同。若檢視〈牡丹燈記〉相關作品可以發現，配角與幽靈無過往利害糾葛，主動跟隨主角抵達荒宅的設定，與山東京傳融合〈牡丹燈記〉情

圖 1　柳亭種彥《浮世一休廓問答》前後帙封面
（早稻田大學圖書館藏）

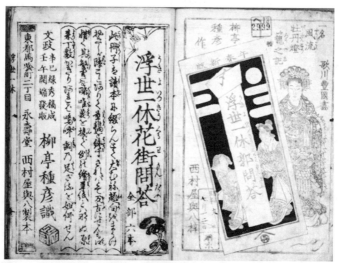

圖 2　柳亭種彥《浮世一休廓問答》封面襯葉與第 1 葉右側
（早稻田大學圖書館藏）

節再創的讀本《浮牡丹全傳》（1809）更加相似。在《浮牡丹全
傳》裡，僕役弓助因擔心每夜出遊的主人礒之丞，暗中尾隨，睹
見女郎花姬的宅邸「屋簷傾倒，梁柱歪斜，翠簾殘破，窗板毀
廢，壁板頹敗，藤蔓纏繞，雜草叢生，庭園一徑荒涼，落葉埋覆
流水，石燈籠倒塌，沒於野草深處，青苔橫生[2]」，發現礒之丞與
骷髏談笑同歡。六三郎夫婦見「宅邸半遭戰火，殘存屋室亦多荒
敗，門戶開敞，四顧無人，探問唯見松風過東廂軒端，蜘蛛勤結
網於簾幔，草葉結露，野花滿開，錦帳綾幬，徒存形貌。泉水乾
涸，芒草與蘆葦錯落橫生，聞砂泥蜂之羽翅聲響，亦覺淒清[3]」，
百感交集。可祝拍打小鼓，忽聞歌謠「草原罕無人跡，蟲鳴所託
為何[4]」、「每逢秋風，嗚呼，目痛極矣。小町非在，既生芒草
[5]」，幽靈古賀之丞現身起舞。兩作在屋舍庭園的描摹上頗有異曲
同工之妙，而僕役受家主引領闖入荒宅、目睹幽靈的遭遇亦多雷

2　山東京傳：《浮牡丹全傳》（東京：ぺりかん社，2003），頁 70。原文：
　　軒端かたふき、柱歪、翠簾破れ、蔀くづれ、壁おち、床腐て、蔦葛は
　　ひまとひ、葎生茂り、庭のさまもあれたき侭にあれて、遣水は落葉に
　　うづもれ、石灯篭は草深き裏にたふれて苔むしぬ。

3　柳亭種彥：《浮世一休廓問答》，頁 495-496。原文：館の半は兵火に
　　かかり、残りし間床も荒れまさり、門戸は明て人気無く、言問ものは
　　東屋の軒場をめぐる松の風ちぎれし簾に雲の網暇なくむすぶ、草の露
　　花の色々咲満ちて、錦の帳、あやの戸張、形ばかりは見ゆるども、泉
　　水のみづあせ果てて、芒まぢりにべう／＼とよしあし高く生茂りすが
　　り勝なる蟲の声いとしん／＼と物さびし……。

4　柳亭種彥：《浮世一休廓問答》，頁 497。原文：とふ人も無き草の原／
　　＼なにをかごとに虫のなく。

5　柳亭種彥：《浮世一休廓問答》，頁 497。原文：秋風の吹に付てもあな
　　め／＼をのとはいはじ芒おひけり。

同。

　　其次，六三郎伸手懷抱，少年頓時形消影散，徒留芒草橫穿眼窩的骷髏。這個移形換貌脫胎自〈牡丹燈記〉的鄰人「穴壁窺之，則見一粉粧髑髏與生並坐於燈下[6]」的段落，透過配角的視線揭示貌美無儔的符麗卿實為陰森可怖的鬼魅。橫山泰子指出，「窺探的鄰人可視為讀者代表的立場。我們讀者透過『閱讀』替代實際『窺視』奇妙的情事，品味主角難以體會的驚悚、旁觀者的鄰人獨自感受的恐怖[7]」。在鶴屋南北的歌舞伎《阿國御前化粧鏡》（1809）裡，幽靈阿國御前遭情人狩野元信的家僕又平持佛像映照，於眾人面前瞬間化作髑髏一具，「此處的視覺的驚奇恐怖是登場人物與觀眾同時品味的[8]」。戲劇性的手法，進一步突顯人鬼異貌的驚駭轉變。山東京傳的合卷《戲場花牡丹燈籠》（1810）亦安排惡賊天竺德兵衛尾隨主角小野賴風造訪女郎花姬的宅邸，德兵衛質疑女郎花姬的存歿，以寶鏡映照，目睹女郎花姬與侍女們化作魑魅魍魎。《浮世一休廓問答》著眼少年驟變枯骨的戲劇效果，與《阿國御前化粧鏡》、《戲場花牡丹燈籠》的類型較為相似，或有所借鏡。

　　又，草生目中的骷髏形象源自小野小町的「『嗚呼，目痛極矣』故事（あなめ說話）」。鎌倉時代的歌學論集《無名抄》（刊

---

[6]　瞿佑：《剪燈新話》，《古本小說集成》82（上海：上海古籍出版社，1993），頁105。

[7]　橫山泰子：《江戶東京の怪談文化の成立と変遷：19世紀を中心に》（東京：國際基督教大學博士論文，1994），頁122-123。

[8]　橫山泰子：《江戶東京の怪談文化の成立と変遷：19世紀を中心に》，頁129。

年不詳）詳細記載歌人在原業平至陸奧國（福島、宮城、岩手、
青森四縣），夜間「於荒野中聞吟詠和歌上句之聲，其詞云『每
逢秋風，嗚呼，目痛極矣』，因感古怪，探其聲，更無他者，僅
見一死人首級。翌日早晨再度審視，彼骷髏眼窩橫穿一枝芒草，
其芒草搖曳風中，聲若所聞。異之，詢於周遭，或語云『小野小
町至此國，命喪此地，則其首如是』，業平深感悲憐，忍抑淚
水，接續下句，『小町非在，既生芒草』9」。相似故事亦見於謠
曲《通小町》、歌學論集《和歌童蒙抄》、《袋草子》、《江次第》
10，對於才色兼備的小野小町孤獨老死化作路旁枯骨的慨歎，時
人多有領會。是以六三郎拾起骷髏，疑惑「此骷髏眼窩為芒草橫
穿，且吟詠小町和歌，莫不令我憑弔其跡否11」，連結古賀之丞
屍骨未葬、尚餘遺憾的處境。巧妙的是，其後提婆太郎以長鎗攻

9　鴨長明：《無名抄》（筑波大學附屬圖書館藏微卷，東京教育大學附屬圖
　　書館藏本，刊年不詳），第 70 葉左側第 71 葉右側。原文：野の中に歌
　　の上句を詠する声あり、その詞に云、「秋風の吹に付けても、あなめ
　　〳〵」といふ怪しく思えて、声を尋ねつつ、これを求むるに更に人無
　　し、ただ死人の頭一つあり、明くる明日に猶これを見るに、かの髑髏
　　の目の穴より薄なん一本出でたりける、その薄風に靡く音のかく聞こ
　　えければ、怪しくおぼえて、辺りの人にこの事を問ふ、或人語て云、
　　「小野小町此国に下りて、この所にして命終わりにけり、則かの頭こ
　　れなり」といふ。ここに業平哀れに悲しくおぼえければ、涙を抑えて
　　下の句を付けけり、「小野とはいはじ薄生ひけり」とぞ続けける。
10　參見小田幸子：〈小野小町変貌──説話から能へ──〉，《日本文学誌
　　要》84（2011），頁 26。
11　柳亭種彥：《浮世一休廓問答》，頁 498。原文：此髑髏の眼をつらぬき
　　芒の生ひて有る間、小町が歌を朗詠して、我に告しはなき跡をとむら
　　ひ呉よと云事か。

擊可祝，可祝感嘆「雖非芒草橫生，長鎗尖刃今又貫穿衣袖骷髏眼窩，可言宛若『嗚呼，目痛極矣』故事。思揣妾身兄長之屍首正似此狀，暴於荒野，烏鳥爭食其肉，烏扇現此亦為既定因果[12]」。典故交相呼應、情節密切聯繫，可見種彥鋪陳之細膩。

　　最後，在故事尾聲，「時有夜風倏拂，月色朦朧，雲影遮蔽，牡丹燈籠火光將滅又明，莫名驚懼之際，古賀之丞猶如幻影再現彼處[13]」，委請墨繪之助解救村萩御前後，自言「如今成佛得脫[14]」，消失無蹤。29 葉左側 30 葉右側的插圖裡可見，古賀之丞自牡丹燈籠內騰升而起的姿態（圖 3）。無獨有偶地，在《阿國御前化粧鏡》的後半部，燈火明滅中，因阿國御前怨靈附身喪命的幽靈累自行燈內倏然登場，交託幼主豐若與傳家寶物後，往生彼岸。紀錄《阿國御前化粧鏡》演出景象的繪本番付描繪了幽靈累由下而上現身行燈的模樣（圖 4）。反觀《浮牡丹全傳》，磯之丞經弓助告知女郎花姬的幽靈身分，「其夜暫且就寢，須臾間，磯之丞枕後豎立之屏風倏忽傳來瑣瑣聲息，睜眼而望，佇立

12　柳亭種彥：《浮世一休廓問答》，頁 502-504。原文：芒にあらねど鎗の穗先袖に染たるされかうべの眼を今又つらぬきしは、あなめ／＼の故事に是も似たりと云べきか、思へば妾等兄弟がかばねはちやうど此樣に野に晒されてしむらを争ひ食ふ鳥の扇に爰あるのも定まる因果。

13　柳亭種彥：《浮世一休廓問答》，頁 505。原文：時に小夜風さつとおとし来り、月朦朧と雲にかくれ、牡丹灯篭の火消えんとして、又明らけく、何とやら物凄く思ゆる時、影の如く古賀之丞が姿は再びかしこに現れ。

14　柳亭種彥：《浮世一休廓問答》，頁 506。原文：今こそ成仏得脱。

圖 3　柳亭種彥《浮世一休廓問答》第 29 葉左側第 30 葉右側
（早稻田大學圖書館藏）

圖 4　《阿國御前化粧鏡》繪本
番付第 6 葉右側（文化 6 年 6 月
森田座。早稻田大學演劇博物館
藏。登錄番號：口 23-00001-
0309）

火光將滅將熄之燈台後方者，正為其女也[15]」，可知幽靈的現身姿態大相逕庭。考量種彥熱衷戲劇，「不僅在業餘戲劇演出中抱持親上舞台的熱誠，小說中亦大幅採取歌舞伎風梗概的手法與人物的角色區分[16]」，在《阿國御前化粧鏡》的演出深獲好評的背景下，此一場面不無秉受《阿國御前化粧鏡》啟發的可能。而種彥以牡丹燈籠替換行燈，不僅強化作品與〈牡丹燈記〉的聯繫，也揭示牡丹燈籠作為靈異要素的普遍認知。

　　整體來說，《浮世一休廓問答》並未完全複製〈牡丹燈記〉的情節，而是挪用原作概念，融合文學典故、戲劇演出，構成耳目一新的關連作品。種彥借鏡的素材含括《浮牡丹全傳》、《阿國御前化粧鏡》、《戲場花牡丹燈籠》，反映同期創作間的交互影響密切，將〈牡丹燈記〉歷經反覆再創、多樣改寫，始終深為讀者喜愛的故事要素展露無遺。

　　又，〈牡丹燈記〉以婢女金蓮持「雙頭牡丹燈」引領主角結締情緣。太刀川清指出，「牡丹燈才是〈牡丹燈記〉的怪異主體[17]」、「縱以金蓮寄託〈牡丹燈記〉的諷世意圖，引領讀者進入毛

15　山東京傳：《浮牡丹全傳》，頁 76。原文：其夜は且打伏けるに、しばしありて、礒之丞が枕上に立てる屏風を、さらりとあくる音のしけるにぞ、目をひらくて見るに、消かゝりくらき灯台のかげに立たるは正しく彼姫なり。

16　Donald Keene 著，德岡孝夫譯：《日本文學史　近世篇三》（東京：中央公論社，2011），頁 99。

17　太刀川清：〈《牡丹燈記》考——その本邦受容に先立って——〉，《長野県短期大学紀要》51（1996），頁 126。

骨悚然的怪談世界的卻是雙頭牡丹燈籠[18]」，可知牡丹燈籠具有
溝通生死、營造奇詭氛圍的特徵。故而，《浮世一休廓問答》
中，特意安排墨繪之助持牡丹燈籠照看骷髏，銜接讀者的既有認
識，將文本前半的武家奪權、戀愛物語一變為怪談異說。

　　附帶一提，後帙封面的牡丹花、第 30 葉左側插圖裡的牡丹
盆栽（圖 5），似與故事情節無涉，卻是中國風情的細微點綴。
日本的牡丹文化於奈良、平安時代自中國傳入，在江戶時代廣受
庶民階層所熟知[19]。儘管如此，牡丹依舊被視為中國花卉，與獅

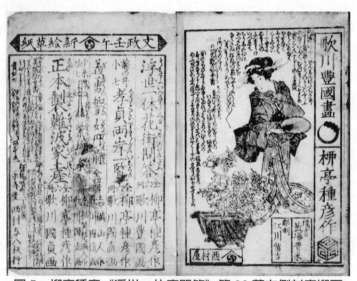

圖 5　柳亭種彦《浮世一休廓問答》第 30 葉左側封底襯頁
（早稻田大學圖書館藏）

18　太刀川清：〈《牡丹燈記》考──その本邦受容に先立って──〉，頁
　　127。
19　參見本間直人、池間里代子：〈華麗なる牡丹文化──江戶の牡丹①
　　《怪談牡丹灯篭》〉，《国際文化表現研究》8（2012），頁 273。

子同屬外來物種[20]。牡丹圖像的運用或暗示作品與中國文化的聯繫，呼應封面及封面襯頁的唐裝女子，作為異國印象的一種行銷手段。

三、一休說話的挪借

　　一休禪師的機智故事與奇行異說廣受庶民喜愛，中世末期起散見於假名草紙等諸作。寬文年間刊行的一休說話集三書：《一休噺》（1668）、《一休關東咄》（1672）、《一休諸國物語》（1672），奠定了一休故事開展的重要基礎[21]。其後，《一休可笑記》（1706）、《續一休噺》（1731）、《草庵茶漬飯》（1809）、《繪本一休譚》（1811）、《繪本薄紫》（1816）的接連出版，揭示了一休故事的流行現象[22]。柳亭種彥的《浮世一休廓問答》標舉一休禪師的關連著作，參酌歷來典據，融合虛實記述，呈現多姿多采的趣味。種彥吸收轉化典故的巧思，體現於角色的塑造、情節的設定、圖像的補充，建構出獨具特色的佳作。

　　首先，墨繪之助與小地獄的形象蹈襲自一休禪師與地獄太夫。《一休關東咄》下卷之 7〈於堺浦與遊女問答和歌之事（堺の浦にて遊女と歌問答の事）〉中記載，一休禪師於堺浦遭遇地

20　參見本間直人、池間里代子：〈華麗なる牡丹文化──江戶の牡丹①《怪談牡丹灯籠》〉，頁 283。

21　參見岡雅彥：〈一休俗伝考──江戶時代の一休説話──〉，《国文学研究資料館紀要》4（1978），頁 132。

22　參見岡雅彥：〈一休俗伝考──江戶時代の一休説話──〉，頁 148。

獄太夫，地獄贈歌「既山居宜住深山。此處已近俗世堺[23]」，一休回贈「心無罣礙，市與山同[24]」，得知對方為著名的地獄太夫，讚嘆「眼見更勝耳聞，誠駭人之地獄也[25]」，地獄答應「凡來死者盡墜地獄矣[26]」。江戶時代的地誌《堺鑑》中卷〈高須〉（1684）提及，「北莊町入口之東有高須町，此處今有遊女。昔有名為阿佛之白拍子，今有易名地獄之遊女，紫野真珠庵一休和尚遊歷時，聞此原由，往訪之，云『眼見更勝耳聞，誠駭人之地獄也』，地獄云『凡來者盡墜地獄矣』[27]」。《續一休噺》卷4〈一休和尚行腳泉州高須町之事（一休和尚泉州高須の町遊行の事に）〉則補充一休禪師見地獄太夫後，稱許「由自名地獄之思

---

23 《一休關東咄》下卷（東京：早稻田大学図書館蔵本，1672），第 11 葉右側。原文：山居せば深山の奥に住めよかし、ここは浮世のさかい近きに。「堺」即邊界，並指涉大坂府堺市，即一休禪師與地獄太夫相遇之地。

24 《一休關東咄》下卷，第 11 葉右側。原文：一休か身をば身程に思わねば、市も山家も同し住家よ。

25 《一休關東咄》下卷，第 11 葉右側。原文：聞きしより見て恐ろしき地獄かな。

26 《一休關東咄》下卷，第 11 葉左側。原文：しにくる人のおちざるはなし。

27 衣笠宗葛：《堺鑑》中卷（東京：国立公文書館蔵本，1684），第 11 葉右側。原文：北莊町ノ入口ヨリ東ニ高須ト云町アリ、此所ニ遊女今ニアリ、古昔モ佛ト云名アル白拍子アリトテ、名ヲ替テ地獄ト付タル遊女アリケレバ、紫野真珠庵一休和尚遊行ノ時、此由ヲ聞玉ヒテ、一休尋寄テ、キキシヨリ見テオソロシキ地獄哉、トアソバシケレバ、地獄、イキクル人モオチザラメヤハ。

量，知其雖為女子，遙勝無智愚昧之男子[28]」。

　　種彥以上述因緣為基礎，重塑角色及人物關係，更動事件要素與發展。《浮世一休廓問答》裡，遊女小地獄原是地獄太夫的侍童，「年歲漸長，容姿聰明實不劣於已故之地獄太夫，故以為二代地獄[29]」。墨繪之助「相較容貌俊秀，更為武術優異、氣力不凡之青年，不知何由性喜禪學，深切皈依一休禪師。因身處武家，無以更易姿態（筆者注：出家為僧），法號萬休，效昔日一休禪師會前述地獄太夫，訪今之小地獄居所[30]」。兩人與地獄太夫、一休禪師間存在或深或淺的關連，但因「一休禪師乃活佛，智識為眾所讚揚，墨繪之助僅為凡人，如何觀想勿視哉？不覺間沉迷小地獄之美色。小地獄亦覺墨繪之助之俊秀，工作之外，真心相待，結締堅深誓約[31]」，建立出截然不同的情誼。

28　也来編：《統一休ばなし》卷 4（東京：早稲田大学図書館蔵本，1731年序），第 16 葉右側。原文：地獄と付なる心から、女とは言いながら、無智愚昧の男には、遙に生れ增さり。

29　柳亭種彥：《浮世一休廓問答》，頁 477-478。原文：生長して容色発明すぎ去りし太夫におさ／＼おとらねば、彼を二代目の地獄となしけるにぞ。

30　柳亭種彥：《浮世一休廓問答》，頁 478。原文：顔かたちの美きに引替へ武術にすぐれ、力量抜群の若者なりしが、如何なる事にか禅学を好み、一休禅師に深く帰依し、身身は武家にあるからに、姿かたちは変へずと云ど、仮の名を萬休と呼びなし。其昔一休禅師さきの地獄がもとへ至り給ひしにならひ、今の小地獄が元へ通ひける。

31　柳亭種彥：《浮世一休廓問答》，頁 478。原文：一休禅師は生佛と世にもてはやされし智識なり、墨絵之助は只人なり、如何ぞ目なしと観念すべき、いつか小地獄が色香にまよひ、小地獄も墨絵之助が美男なるに思ひし、みつとめの外に真実をつくし、水もらさじと契を込め。

　　又，故事主線發生於「某年正月元日，小地獄較尋常尤重裝
束，效前代地獄太夫著紋繡地獄變相圖之打掛（筆者注：近世武
家女性的禮服），令幫閒持五輪石塔旁書有『見成佛之態』狂歌
下句之長柄傘，率女侍童、新造遊女往尋常造訪之花樓，緩步前
行欲賀初春之際，墨繪之助於色調優美之小袖羽織上披掛舊紙紋
樣之袈裟，置狐面於長煙管前端，唸云『切勿著迷。留意留
意』，沿途揚舉[32]」。墨繪之助的異舉同樣源自一休禪師的奇行異
說。《一休噺》卷 2 之 4〈一休和尚於元旦早晨揚舉骷髏之事
（同元三のあした髑髏を引てとをり事）〉中記載，一休禪師見世
人喜迎元日，不察性命有盡，遂「往墓場拾一骷髏，貫於竹杖前
端。時為正月元日清早，於洛中每戶門前率意揚舉骷髏，唸云
『留意留意』。眾皆忌憚，緊鎖門戶，迄今留有正月三日間閉門鎖
戶之習[33]」。或有質疑「『留意』尤為至理，毋論慶賀裝飾，凡人
終將如斯，然為世之俗習，於此慶賀喜悅間揭其可怖骷髏示諸家

32　柳亭種彥：《浮世一休廓問答》，頁 478-479。原文：ある年の正月元
　　日、小地獄は常よりもよそほひをこらしつつ、先代の地獄にならひ、
　　地獄変相の図を縫物にせし打掛を着なし、五輪の石塔のかたはらに、
　　「ほとけになりしありさまをみよ」と狂歌の下句を書し長柄の傘をさ
　　しかけさせ、禿新造引つれて常に行かふ揚屋が元へ、先初春の寿を祝
　　はんとて練り出る其所へ、墨絵之助も色よき小袖羽織の上に文反古の
　　袈裟をかけ、狐の面を長き煙管の先にさゝげ、「ばかされぬ御用心／
　　＼」と行先へ出し給ひ……。

33　渡辺守邦校注：《一休ばなし》，頁 352。原文：墓はらへゆきて、しや
　　れ頭を拾ひ来り、竹の先に貫きて、比は正月元日の早天に、洛中の
　　家々の門の口へ如敲／＼と彼しやれ頭をさし出し、「御用心／＼」と
　　て歩き給ふ。皆人忌まはしくて、門さしこめて居けるより、今に正月
　　三日は門戶を鎖しけるなり。

戶，不亦過乎[34]」，一休對曰「諸位見此，僅存目出之穴，正所
謂可喜可賀也[35]。然世人盡皆知悉乎？以昨日之慣習度今日之光
景。不若飛鳥川之淵灘變化顯著，世事推移而眼見難察。吾欲諫
者，乃聞秋風卻不覺季節流轉之輩也[36]」。《浮世一休廓問答》將
骷髏替換為狐面，儘管削弱原典色彩，卻扣合後續情節發展，埋
下饒富意趣的伏筆。

　　繼墨繪之助後配戴狐面登場的是僕役闇平，因意圖殺害妹妹
可祝，遭野上干平砍殺致死，棄置荒野。倘狐面相當於骷髏，或
意味闇平宜多留意生命的倏忽而終，並暗示其零落慘澹的未來。
是以，可祝勸阻兄長謀害墨繪之助，提及「行不義非道者即遭天
罰，忽亡於非命，無收納屍骨之人，如妾和服之紋樣，白骨漸朽
於荒野，成君和服繪染之烏鳥餌食，此況為期不遠[37]」，連結並
強化闇平的悲劇下場。又，可祝得知闇平命喪干平刀下，自言

---

[34] 渡辺守邦校注：《一休ばなし》，頁 352-253。原文：御用心とは尤至極
　　なり。祝ひても飾りても、終には皆人かくのごとし。されども世の習
　　にて、かく祝ひよろこぶに、そのむくつけなきしやれ頭を家々へ出さ
　　ることは、御違いならずや。

[35] 日語的可喜可賀寫作「目で出し」。

[36] 渡辺守邦校注：《一休ばなし》，頁 353。原文：是見よや人々、目出た
　　る穴のみ残りしをば、めでたしと言ふなるぞ。皆人ごとにかくとは知
　　るらめど、昨日も過し心ならひに今日を暮しつ。明日春川の淵瀬常な
　　らぬ世とは目に見ぬからに、風の音にも驚かぬ人々に、用心せよと思
　　ふ也。

[37] 柳亭種彦：《浮世一休廓問答》，頁 482。原文：不義非道をした者は天
　　道さまの御罰にて忽ち其身は非業の最期、死だ体を取おさめる人もな
　　ければ、是わたしが小袖の様に白骨は草の中に朽次第、おまへの着物
　　に染てある烏の餌食となるのは目前。

「狐之異名為野干，兄之仇敵野上干平，斷念覺悟[38]」，將狐面截成兩半作為復仇。可知種彥以狐面取代骷髏的手法兼具預示角色命運、呼應角色姓名的用心。

其次，墨繪之助盜取六三郎的瓦器，引誘可祝夫婦前往宅邸的情節，或受一休禪師劫奪瓦器商人的典故啟發。《一休噺》卷2 之 11〈強奪瓦器商人之事（土器売を追はぎしたまふ事）〉中記述，正月時節，僕役告知欠缺錢糧，一休禪師勸其毋須哀嘆，「擔一棒於肩，往通山里之道，適逢瓦器商人路經，一休云『莫令逃脫』，追趕於後。彼者驚駭，捨一擔土器而逃。一休云『成矣』，令同行僕役持之，作為典質，以迎初春[39]」。兩段情節細處或有不同，但考量一休故事的廣泛傳播，劫奪瓦器商人的行徑似難迴避相關影響。同樣地，《浮世一休廓問答》中的烏鴉摺扇亦有所本。《堺鑑》下卷〈一休和尚烏繪扇子〉記載，「一休和尚居住吉林菜庵時，間或往來堺區甲斐町中濱之扇子屋甚右衛門之處，憐其家境困乏，於白地扇面描製烏鳥或銀箔繪，世人賞翫此扇，不忍釋手[40]」。故而，《浮世一休廓問答》記述墨繪之助列席

38　柳亭種彥：《浮世一休廓問答》，頁 505。原文：狐の異名は野干といふ、兄の仇の野上干平、觀念なせ。

39　渡辺守邦校注：《一休ばなし》，頁 364。原文：一棒をふりかたげ、山家海道へ出給へば、折ふし土器売通りければ、「逃すまじ」と追つかけたり。彼者驚き一荷の土器を捨て逃げければ、「扱こそ」とて、彼めしつれし僕に持たせて、これを代なし、初春を迎へ給ふ。

40　衣笠宗葛：《堺鑑》下卷，第 29 葉左側。原文：和尚住吉林菜庵居住ノ時、當津甲斐町中浜扇屋甚右衛門ト云者ノ所へ折々来臨シ玉ヒテ、家内竇シキヲ憐玉ヒ、白地扇子ニ鳥或銀臺絵ナドヲ書玉ヘハ、世人此扇子ヲ賞翫スト云リ。

花樓的新春酒宴，幫閒展「一休禪師描繪之鳥扇[41]」，配合三味線、太鼓的節拍舞蹈狂歡。更因遊樂仿效一休禪師的繪畫，墨繪之助獲得「浮世一休」的稱號，間接說明作品題名的由來。

最後，後帙封面襯頁的插圖借鏡一休禪師題寫畫贊的軼聞（圖6）。《一休噺》卷2之2〈一休和尚題贊土佐守掛繪之事（同土佐守が掛絵に讚を書たまふ事）〉中記述，一人委請土佐守作畫，因延宕多時，焦急難耐，親自前往催促，「心滿意足，攜畫而歸，反覆研賞，別無他物，僅繪水紋，其中勾勒一筆圓圈，無法分辨。百思不得其解，遂令從者持往土佐守處，問『所繪何物』，然云『吾輩亦莫知』。忖量『持此圖畫何以為用，不若裂而毀之』，但『乃名家之筆，誠不知所從』，而思『莫也莫也，往求

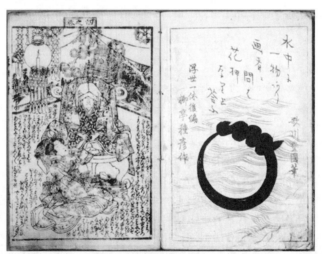

圖6　柳亭種彥《浮世一休廓問答》第15葉左側第16葉右側
　　　（早稻田大學圖書館藏）

---

[41] 柳亭種彥：《浮世一休廓問答》，頁479。原文：一休禅師のかゝれたる
　　鳥扇。

一休和尚畫贊，以為掛繪』。急奔大德寺，告知一休『此畫乃土佐守所繪，不知水中何物，何以見之』。一休云『雖不知為何物，若求畫贊，可題予之』，其人云『萬分感謝』，乞求畫贊。一休於畫上題贊『水中有物。問其所謂。畫工不知。物主不知。吾人題贊更無所知』[42]」。《浮世一休廓問答》裡，水紋上以墨色勾勒圓圈與四褶波浪，題曰「水中有一物。問其畫者。謂之花押[43]」。花押是替代署名的花字、花書，此處所見即歌川一門的家紋「年之丸」。第 30 葉左側的插圖裡，「歌川豐國畫」五字下方繪有同樣花押（圖 5）；《戲作六歌撰》的「豐國肖像」裡，歌川豐國的衣袖上亦見相同紋樣（圖 7）。種彥及豐國聯手改寫一休禪師畫贊的作法深具創意，且夾帶詼諧，別增趣味。

　　誠如書名《浮世一休廓問答》所示，文本前半以遊廓為主要

---

[42] 渡辺守邦校注：《一休ばなし》，頁 348-349。原文：望み足ぬと其画を取て帰り、ひねくりまはしてみれ共、何ともさらに躰なく、水を書て其中に一筆くる〳〵としたるもの有。さらに見わけられず。余に合点ゆかざれば、土佐方へ持たせつかひ、「なになる」と問ども、「我らも知らず」と云。「かゝる画を持てなにかせん、引やぶらん」と思へ共、「三国一出来たり。とやせむ、かくやあらまし」と思ひけるが、「いや〳〵一休和尚に賛を乞ひて、掛物とせんずるぞ」と急ぎ大徳寺へはしり行、一休に申上けるは、「此画は土佐守に書かせしが、さらに此水の中のもの、知れず。いかゞ御覧ある」と申ければ、「これは何共見えね共、賛望みならば、してとらせん」と仰られければ、「かたじけなし」とて賛を乞ふ。一休其画に賛し給ふは、「水中に物あり。その一物を問へば。書きし画工も知らず。持主も知らず。賛する我は猶知らず」とあそばし……。

[43] 柳亭種彥：《浮世一休廓問答》後帙，封面襯頁。原文：水中に一物あり。画者に問は。花押なりと答ふ。

**圖 7　岩本活東子《戲作六家撰》第 56 葉左側第 57 葉右側
（早稻田大學圖書館藏）**

舞台，在一休禪師與地獄太夫的傳說基礎上，建構「御家騷動物」的故事。種彥拆解融合軼聞典故，附會流行題材，完成新穎有趣的作品。同時，利用芒草骷髏、烏鳥摺扇等細微道具召喚舊有文學記憶，在有限的篇幅裡強化角色形象、豐富故事內涵。此外，以圖像補充相關典故，反映作者與繪師間的悉心協作。山口剛指出，種彥認為通俗文藝之創作除卻文筆精妙，若未得優秀畫工、優秀雕工，難獲好評[44]。板坂則子指出，戲作家不僅執筆故事正文，亦草擬插圖底稿，圖像細部雖由繪師擔當，整體依然呈現作者意圖[45]。可知，《浮世一休廓問答》後帙封面襯頁的插圖

---

[44]　參見山口剛：〈解說〉，《僞紫田舍源氏》下，《日本名著全集江戶文芸之部》第 21 卷（東京：日本名著全集刊行会，1928），頁 20。

[45]　參見板坂則子：《曲亭馬琴の世界——戲作とその周緣》（東京：笠間書院，2010），頁 504。

確實見證種彥在圖文構思上的周全考量。

四、勸善懲惡的思想

　　《浮世一休廓問答》夾帶鮮明的勸懲意圖。代表人物當屬機關算盡枉徒然的村萩御前。村萩御前為助古賀之丞繼承家業，委託闇平殺害墨繪之助，為報古賀之丞死仇，委託野上干平、提婆太郎殺害香取。多行不義的後果，招來鬼卒的責罰。村萩御前自述「今夜，宛若地獄畫卷中之牛頭馬面的惡鬼來至寢室，云『閻王有令：憎恨仁義端正之繼子且意圖謀害，汝之罪孽尤重，宜速召來』，居室之內忽變地獄樣貌，將妾身劫入火車而去，其後之事因烈焰噎喉之苦不復知悉[46]」。參照第 3 葉左側第 4 葉右側的卷首插畫「萩御前夢見墜落地獄[47]」之景（圖 8），右側中央可見村萩御前為鬼卒擒抓，照見業鏡的惶恐模樣，後方背景是大片刀山烈焰，乃「猛火熾然，常滿其中[48]」、「復有刀林，其刃極利[49]」的等活地獄刀輪處。插圖左側中央可見鬼卒緊揪亡者浸入沸

46　柳亭種彥：《浮世一休廓問答》，頁 505。原文：今宵わらはが寢室のうちへ地獄の掛画にある如き牛頭馬頭の惡鬼来り、「仁義正しきまゝ子を憎みころさんとエたる汝が罪尤も重し、早く召連来れよとある閻羅王の仰なり」と云かと思へば、座敷のうち忽ち地獄の体と変じ、火の車にわらはを打込み走去ると思ひしが、其後の事共はほのほにむせぶ苦しさに前後も知らずありける。

47　柳亭種彥：《浮世一休廓問答》，第 3 葉左側。原文：萩御前地獄に堕ると夢見たまふ。

48　源信：《往生要集》，第 2 葉左側。

49　源信：《往生要集》，第 2 葉左側。

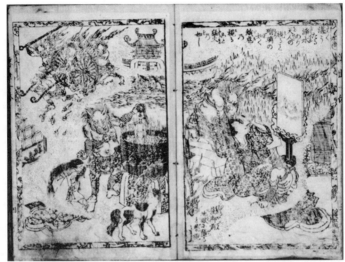

**圖8　柳亭種彦《浮世一休廓問答》第3葉左側第4葉右側
（早稻田大學圖書館藏）**

滾大釜的景況，即「執罪人入鐵瓮中，煎熱如豆[50]」的等活地獄
瓮熱處，後方背景則是三名鬼卒押解火車載運亡者的景象。第
28葉左側第29葉右側的插圖亦見鬼卒推引火車橫越天際的情景
（圖9），右側則是手持經文數珠意欲投擲的墨繪之助。

堤邦彥指出，「據源信《往生要集》的教示，人按現世善行
惡業之報，死後或登極樂，或墜地獄受種種責罰。六道繪、十王
圖等佛教繪畫將其景況如實呈現，從平安、中世起至江戶時代大
量製作，或用於解說佛畫繪卷，或懸於寺院本堂余間，喚起俗人
之信心。又，近世因《往生要集》插圖本量產之故，冥府的具體
樣貌深植大眾人心。其地獄繪一隅屢屢勾勒由牛頭馬面之鬼卒牽

50　源信：《往生要集》，第2葉左側。

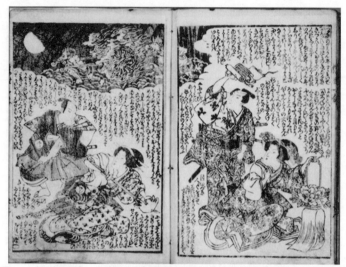

圖 9　柳亭種彥《浮世一休廓問答》第 28 葉左側第 29 葉右側
（早稻田大學圖書館藏）

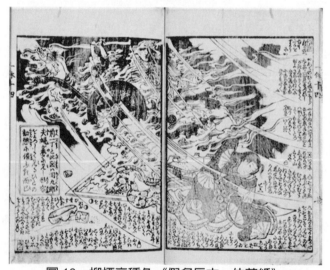

圖 10　柳煙亭種久《假名反古一休草紙》
第 14 編第 7 葉左側第 8 葉右側（早稻田大學圖書館藏）

引之火車，令墮地獄之亡者乘坐，受烈火燒灼之罰[51]」。可知，地獄情狀的描繪不僅因光怪陸離、詭異獵奇帶來閱讀刺激，背後更有廣為普及的教化意圖。同樣以一休故事為題材的柳下亭種員等人的合卷《假名反古一休草紙》（1852-66）安排惡人洞九郎夫婦於夢中遭受鬼卒押解，便於第 14 編第 7 葉左側第 8 葉右側的插畫（圖 10）中標寫「前葉暨此圖乃描繪洞九郎夫婦夢中所見形狀，僅為讀者之勸懲[52]」，直揭警醒世人的意旨。

又，村萩御前自火車摔落而下時，身上包裹著紋繡地獄變相圖的打掛。打掛乃地獄太夫贈予小地獄之物，在小地獄與墨繪之助的逃亡中飛揚遠去。小地獄陳述太夫為滅此身罪孽，自名地獄，並以地獄光景為打掛。《假名反古一休草紙》第 13 編中，一休禪師則以「醒悟禪理之具無甚於此[53]」稱揚地獄模樣的唐錦敷巾。可知，地獄太夫的打掛蘊含參悟人世的色彩，受此庇佑的村萩御前，經歷惡鬼的責罰，亦能歸返善心，出家為尼。

此外，部分角色命名也與佛教相關。首先，小地獄作為地獄太夫侍童時，被稱為「悟（Satori）」，有覺悟、悔悟之意；同為侍童的夥伴，則稱為「迷（Mayoi）」，即迷惑、迷惘之意。可知，小地獄的幼名延續地獄太夫參悟人世的期許。其次，松風家的家臣提婆太郎接受村萩御前的命令，委託野上干平謀殺香取，

51　堤邦彥：《江戶の怪異譚》（東京：ペリカン社，2004），頁 101-102。

52　柳煙亭種久：《假名反古一休草紙》第 14 編，第 8 葉右側。原文：前一丁と此図は洞九郎夫婦が夢に見し形容を映して、見る人の勸懲に備ふる而已。

53　柳煙亭種久：《假名反古一休草紙》第 13 編，第 14 葉左側。原文：禪理を悟るはこの品に上超すものはあるべからず。

並以長鎗襲擊可祝，行徑絕非良善。干平更指出村萩御前的惡行本是提婆太郎的教唆，導致古賀之丞的亡故。提婆太郎的惡人形象呼應佛教的反派角色提婆達多。《往生要集》以閱讀再多經文也難逃墮落地獄，強調提婆達多的邪惡[54]。《今昔物語集》則記載提婆達多唆使阿闍世王殺害父親的故事[55]。提婆太郎的助紂為虐，最終招來擒拿問罪的結局。最後，野上干平的「野干」二字由來或與《佛說未曾有因緣經》相關。《佛說未曾有因緣經》卷上記述，佛陀往昔為阿逸多王奢婬逸樂、不理國政，死後墮入地獄，因悔過修善而投生畜生道為野干，為帝釋天與八萬天人講授佛法。野上干平雖未宣揚佛法，但作為替身的狐狸面具示現了殺生的惡報。故而，全作展現因果報應的精神，既以村萩御前的遭遇說明善惡有報，宜及時懺悔潛修，也利用角色命名增添教化色彩，完成一休於浮世見證果報的物語。

　　附帶一提，可祝與六三郎的命名應來自「阿園六三（お園六三）」的戲劇主題。寬延 2 年（1749）1 月，大阪發生遊女可祝殺害兄長的事件，並木正三於同月完成狂言《恋淵血汐絞染》，以可祝殺害殘暴兄長吉兵衛為故事情節[56]。同年 3 月 19 日，大阪西橫堀發生遊女阿園與木工六三郎的殉情事件[57]。隨後，淺田

54　參見植木朝子：〈提婆達多の今樣：《梁塵秘抄》法文歌の一性格(承前)〉，《同志社国文学》64（2006），頁 5。

55　參見植木朝子：〈提婆達多の今樣：《梁塵秘抄》法文歌の一性格(承前)〉，頁 4。

56　參見渥美清太郎：《系統別歌舞伎戲曲解題》上（東京：国立劇場，2008），頁 254。

57　參見古井戶秀夫編：《歌舞伎登場人物事典》（東京：白水社，2010），頁 837。

一鳥融合可祝弒兄、六三郎阿園殉情，完成狂言《八重霞浪花浜荻》[58]。《浮世一休廓問答》的可祝雖未手刃兄長，卻也間接造成闇平的死亡。六三郎雖由《八重霞浪花浜荻》的可祝熟客一變為丈夫，但與可祝的相互搭配依然透露借鏡戲劇的可能性。

五、結語

《浮世一休廓問答》綴合一休故事，借鏡〈牡丹燈記〉，引用小野小町的「嗚呼，目痛極矣」，完成切合世俗風情、夾帶怪談色彩的御家騷動故事。題材的選擇著眼三作共通的骷髏要素，不過於牽強的連結，反映出種彥對典據的熟悉與創作的用心。

在〈牡丹燈記〉的運用上，比起仿效原作，種彥更多留心19 世紀前期相關作品《浮牡丹全傳》、《阿國御前化粧鏡》、《戲場花牡丹燈籠》的創意。基於劇情張力、娛樂效果的考量，巧妙融合移形換貌、燈籠幽靈等備受好評的演出橋段，呈現豐富的趣味性。據此，可將《浮世一休廓問答》與相關作品間的異同歸納如下：

---

[58]　參見渥美清太郎：《系統別歌舞伎戲曲解題》上，頁 255。

	牡丹燈記	浮牡丹全傳		阿國御前化粧鏡	戲場花牡丹燈籠		浮世一休廓問答
引路	婢女金蓮	女童	主角礒之丞	婢女	女童	主角賴風	主角墨繪之助
跟隨	主角喬生	主角礒之丞	僕役弓助	主角元信	主角賴風	惡賊德兵衛	僕役六三郎夫婦
幽靈真貌	鄰人窺知，喬生未見	弓助窺知，礒之丞未見		幽靈阿國御前於元信眼前化為枯骨	德兵衛窺知，賴風未見		幽靈古賀之丞於六三郎夫婦眼前化為枯骨
燈籠用途	引路	引路		引路	引路		照看文件
其他				幽靈累現身行燈			幽靈古賀之丞現身牡丹燈籠

　　在一休禪師的典故運用上，種彥以「浮世一休」、「二代地獄」的概念跳脫原有人物關係，取得相對自由的創作空間。對於軼聞傳說的攝取，或配合情節發展微幅修改，或假托故事道具，連結既有典故，達到畫龍點睛的成效。同時，活用圖像展露巧思，將讀者耳熟能詳卻難以融入正文的內容借插畫呈現，增添思索推敲的閱讀樂趣。種彥成熟的手法、新穎的發想，使得《浮世一休廓問答》成為一休相關文藝作品中獨特的存在。

第四章
合卷《假名反古一休草紙》論析

一、緒論

　　室町時代的禪僧一休宗純（1394-1481）因其不拘常規的行止、風狂獨特的詩文，留名青史。在後世傳說逸話的附會下，以巧辯機智的形象、滑稽趣味的事蹟廣受庶民的喜愛。江戶時代的通俗文藝時有以一休禪師為主題的創作，除卻奇行異事的網羅，亦見敷衍史料紀錄、揉合多樣典故、發揮巧妙創意的作品。其中，刊行於嘉永 5 年至慶應 2 年（1852-66）的柳下亭種員、柳煙亭種久、柳水亭種清的合卷《假名反古一休草紙》，以逾 25 萬字的龐大篇幅匯聚一休禪師的著名故事，融合時興戲劇與熱門題材，不僅內容豐富、情節曲折，更有若干要素呼應《阿國御前化粧鏡》、〈牡丹燈記〉，值得進一步的探究。

　　鑑於前行研究尚乏詳細介紹，且 13 編後的內容未經翻刻，本章將循序解讀《假名反古一休草紙》，考察典據由來，確認情節構成，檢視圖像呈現，期望深化作品的理解。在論述展開前，簡單說明文本的出版訊息。《假名反古一休草紙》現存 16 編，未完結。1-11 編為柳下亭種員作，12-15 編由柳煙亭種久補綴，16

編由柳水亭種清續筆。歌川國輝、二世歌川國貞、歌川國芳、歌川芳幾繪，江戶芝神明前甘泉堂和泉屋市兵衛出版。基於情節完整性的考量，將針對第 16 編第 16 葉為止的內容進行考察。又，拙論據博文館出版《釋迦八相倭文庫》下卷收錄之翻刻（1-12編）、早稻田大學圖書館藏本影像（1-15 編）、國文學研究資料館藏本影像（16 編）進行分析考察。

二、一休的身世與佛門因緣

（一）故事梗概

　　《假名反古一休草紙》初編第 4 葉至第 8 編第 15 葉、第 8 編第 19 葉至第 9 編第 15 葉的內容描述：

　　室町時代，南朝忠臣和田彈正正澄之女露草與北朝後小松天皇相戀，正澄因北朝追兵相逼自盡，露草生子聰明丸（一休禪師幼名），出家為尼，法名心昌。聰明丸由洞院中將相忠之女瀧橋撫養，因相忠是南朝舊臣，朝廷多有顧忌，後將聰明丸送往粟田山，轉託右大辨師方照看。聰明丸趁年末看守鬆懈，溜出宅邸，探訪心昌尼。心昌尼閉門拒絕相會，聰明丸兀立嚴冬大雪中。所幸正澄兄長宗曇禪師路過，收聰明丸為徒，以僧侶名義，請求歇腳。翌日，宗曇禪師攜聰明丸入京。巧遇心昌尼舊識蜷川式部丞貞正，代為傳奏天皇。天皇已於夢中獲悉宗曇禪師諸事，故委請擔任紫野大德寺住持。

　　另一方面，瀧橋因掛念聰明丸，憂慮成疾。僕役霜平擬前往粟田山帶出聰明丸，未料撲空被捕。師方屬下三上典膳提議賄賂

六角刑部太夫佐佐木秀連，誣陷相忠指使霜平誘拐聰明丸。未料計策失敗，師方惡行曝光，遭判流放讚岐。聰明丸探訪瀧橋，得知瀧橋的病症須以鮮血入藥，霜平自盡救主。聰明丸深刻感念，決定日後於霜平故鄉薪村結廬，命名酬恩庵。

又，師方愛妾菱垣得知流放消息後，與情人三上典膳奪財私逃。流放讚岐的師方與惡人糸吉合力偷渡，抵達因幡國（鳥取縣東部）加留之濱。一日，師方行至丹波國（京都府中部及兵庫縣東部），入夜投宿，偶遇菱垣。菱垣謊稱受典膳拐騙，設宴慰勞師方。待師方入睡不備，由典膳出手殺害，將其屍體拋入深谷。

（二）典據考證

文本的第一部分，聚焦一休的身世來歷。有關一休禪師為後小松天皇子嗣的記載，最早見於《東坊城和長卿記》明應 3 年（1494）8 月 1 日的「秘傳云，一休和尚者，後小松院落胤皇子也，世無知之人[1]」。《一休和尚年譜》應永元年（1394）的「師剎利種，其母藤氏南朝簪纓之胤，事後小松帝，能奉箕箒，帝寵渥焉。后官曰譖，彼有南志，每袖劍伺帝。因出宮圍，而入編民家以產師。雖處襁褓之中有龍鳳之姿[2]」；《一休可笑記》〈一休丸鑑〉序言的「其一休和尚乃後小松院之二皇子[3]」；《道歌心の策》

---

[1] 參見岡雅彥：《一休ばなし：とんち小僧の来歴》（東京：平凡社，1995），頁 11。

[2] 《一休和尚年譜》（国文学研究資料館藏本，1674），第 1 葉右側。

[3] 《一休可笑記》〈一休丸鑑〉（国文学研究資料館藏本，1705），第 1 葉右側。原文：それ一休和尚は後小松院の二の宮なり。

〈一休和尚〉的「後小松帝之庶子，生養於民間[4]」，揭示傳說的多樣流播。

　　《假名反古一休草紙》的開端簡略記述露草與後小松天皇的雨中邂逅，詳細著墨露草與父親和田彈正間的親情糾葛。和田彈正告誡露草，「應打敗作為南朝宿敵的北朝之輩[5]」、「今宵見機，以此短刀遂其所願[6]」，委託刺殺來訪的後小松天皇。露草心生猶豫，彈正憤怒指責「為汝私情所絆，作捨父投敵之人耶[7]」、「親子之緣，就此而盡[8]」。迫於無奈，露草含淚袖藏短刀，迎接後小松天皇，自陳心聲，「妾將於此自盡，或以償背棄父命之不孝行止。又，如斯坦承家親密事，或不忘迄今蒙受之情誼，秉守節操。期憐妾志節，倘足利勢強，父遭危難，盼援其性命。如此可避弒君之罪，縱違父命，亦盡微薄孝道。徘徊二途，於此捨身，內中無奈，望請推量，明瞭此事[9]」。露草的進退兩難、苦惱無

4　無染居士：《道歌心の策》（国立国会図書館藏本，1833 年刊本），第 10 葉左側。原文：後小松帝の孽子にて、民間に産育せらる。

5　柳下亭種員：《假名反古一休草紙》，《釋迦八相倭文庫》下卷（東京：博文館，1904），頁 678。原文：南朝の常の仇なる、北朝のものを打取るべき。

6　柳下亭種員：《假名反古一休草紙》，頁 678。原文：今宵にもあれ折を見て、此短刀にて本意を遂げよ。

7　柳下亭種員：《假名反古一休草紙》，頁 679。原文：君の情けに絆され、父を見捨て敵方へ、心を寄するものならめ。

8　柳下亭種員：《假名反古一休草紙》，頁 679。原文：親子の緣も是限り。

9　柳下亭種員：《假名反古一休草紙》，頁 683。原文：妾の此所に自害して、父の言葉を背きたる、不孝の言訳せん、又斯くまでに我親の、密事を打明參らすれば、是れまで受けし御情けを、忘れぬといふ操も立

助，在緊繃的話語往來間，鮮明呈現。柳下亭種員敷衍一休禪師生母「彼有南志，每袖劍伺帝」的記述，不僅強化劇情張力，亦多突顯人物心理，塑造相對立體的角色形象。

　　又，和田彈正在責罵露草中提及，曾居大和國（奈良縣）與白拍子藤浪交好。返鄉前，留予藤浪腹中胎兒日後重逢的憑證，「於舞扇下筆，繪一烏鳥。假託反哺之義，欲告胎內幼子孝行之訓。翻轉扇面，逕題世人自古吟詠之道歌[10]一首，『闇夜聞未啼之鳥聲，思慕我未誕時分之父』。期別於未生之際，待彼成人，猶不忘父事[11]」，感嘆「倘同汝一般，育彼小兒，豈無分毫助吾心願之舉。迄今撫育背棄忠孝二道、無用之汝，著實遺憾[12]」。和田彈正於描繪烏扇之用意，呼應山東京傳《本朝醉菩提全傳》（1809）裡，一休禪師以烏扇贈與瓦器商人詫助，言明「此扇乃嘉

　　ちなん、立てし操にめで給ひて、よし足利の勢ひに、父の危き事ありとも、命を救ひ給はれかし、さあらば君を失ひ申さで、父が命には背けども、僅に孝も立ちぬべし、二つの道に立迷ひ、我身を此に捨果つる、心の内の果敢なさを、よしなに推量まし／＼て、此事聞分け給はれかし。

[10] 道歌：簡單闡釋道德教訓、吟詠精神修養的和歌。（日本大辞典刊行会編：《日本国語大辞典》第 14 巻，東京：小学館，1975，頁 421-422）

[11] 柳下亭種員：《假名反古一休草紙》，頁 679-680。原文：舞扇に筆を下して、一羽の鳥を画きたり、是や反哺の義を比して、胎内の子に孝行を、知らしむる心の教訓、裏を返して其儘に、闇の夜に鳴かぬ鳥の声聞けば生れぬ先の父ぞ恋しき、世の人兼て口吟む、一首の道歌を認めしは、未生以前に立別れし、父が事をも成人して、忘れ果てなと云へる心。

[12] 柳下亭種員：《假名反古一休草紙》，頁 680。原文：彼の小児を、汝の如く育てなば、聊かは我心を、助くる事のありもやせん、忠孝二つの道に背く、よしなき己れを是までも、育て上げたる残念さよ。

賞對父母養育之恩，盡烏鳥反哺之孝行[13]」。題於扇背的道歌，亦見於柳亭種彥《浮世一休廓問答》的卷首插圖（圖 1），詩文題作「闇夜聞烏啼，思慕我未誕時分之母[14]」，並說明「不知為何人詩歌。今俗作思慕父親[15]」。《本朝醉菩提全傳》、《浮世一休

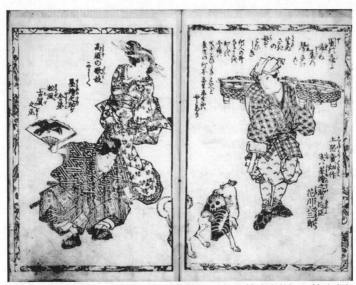

圖 1　柳亭種彥《浮世一休廓問答》第 2 葉左側第 3 葉右側（早稻田大學圖書館藏）

13　山東京傳：《本朝醉菩提全傳》，《京伝傑作集》（東京：博文館，1902
　　年），頁 300-301。原文：此扇は汝養ひ親に対して反哺の烏の孝行を
　　賞し。
14　柳亭種彥：《浮世一休廓問答》，第 2 葉左側。原文：闇の夜に啼ぬ烏の
　　声聞けば生れぬさきの母ぞ恋しき。
15　柳亭種彥：《浮世一休廓問答》，第 2 葉左側。原文：何人の歌なること
　　を知らず、今俗は父ぞ恋しきと云へど。

廓問答》均是江戶後期以一休故事為材料的戲作[16]（Gesaku），相似要素的運用透露參考借鏡的可能。

露草的自盡在姊姊香晒的犧牲與父親彈正的失敗下中止，旋即轉念立誓「從此為憑弔父姊，祈求冥福，改著墨衣，居草庵，作比丘尼，不受北朝分毫供養[17]」，「反執先前父親遞交之短刀，揮斬秀髮[18]」。隨後，前往近江國堅田（滋賀縣）結廬修行，翌年元旦產下皇子聰明丸，交託式部丞貞正帶回宮內，自訂法名心昌尼。

延續對親情糾葛的關注，第 3 編序言記載，「卷首聰明君至近江國堅田訪心昌尼一段，乃諸位亦多熟悉，如說經節[19]歌誦之苅萱道心，子訪高野山尋父；義太夫節中提及『洒家故土乃阿波德島』之鳴戶順禮場，交雜錯綜之仿作[20]」。「苅萱道心」乃據謠

16　戲作：以娛樂為主的近世後期通俗小說類型。……狹義上，指稱黃表紙、洒落本、談義本、前期讀本等作品，廣義上，意指添加合卷、滑稽本、人情本、後期讀本、咄本等的近世後期小說。（日本大辞典刊行会編：《日本国語大辞典》第 7 卷，1974，頁 171）

17　柳下亭種員：《假名反古一休草紙》，頁 697。原文：今より父君姊上の、後の世を訪はんため、身は墨染に姿をかへ、草の庵に住居して、物乞ふ身ともならばなれ、北朝の養ひを、聊かも受け侍らじ。

18　柳下亭種員：《假名反古一休草紙》，頁 697。原文：最前父が渡したる、懷劍逆手に取直し、綠の髮を斬拂へば。

19　說經節：以說經淨瑠璃敘說的曲調。（日本大辞典刊行会編：《日本国語大辞典》第 12 卷，1974，頁 22）
　　說經淨瑠璃：受佛教說經歌謠化的和讚、平曲、謠曲等的影響，流行於江戶初期的大眾藝能。（日本大辞典刊行会編：《日本国語大辞典》第 12 卷，1974，頁 22）

20　柳下亭種員：《假名反古一休草紙》，頁 709。原文：卷首に聰明君が、

曲及高野山緣起構想之世界，為說經節的「五說經」之一[21]。故事敘述九州筑紫的武將加藤左衛門尉繁氏出家為高野山僧侶，法號苅萱道心。2 歲時與父別離的石童丸來訪，苅萱道心謹守誓約，未揭親子名份。享保 20 年（1735）8 月於大阪豐竹座公演的淨瑠璃《苅萱桑門筑紫轢》為其決定版[22]。「鳴戶順禮場」即淨瑠璃《傾城阿波之鳴門》〈順禮場之段〉。《傾城阿波之鳴門》於明和 5 年（1768）6 月大阪竹本座首演[23]。故事敘述阿波十郎兵衛與妻子阿弓為舊主尋覓寶刀，加入盜賊同夥。自幼別離的女兒阿鶴由德島至大阪尋訪雙親，阿弓唯恐波及女兒，迴避告知身分。最終，不識阿鶴的十郎兵衛為搶奪金錢殺害女兒，釀成悲劇。柳下亭種員挪借上述作品，描繪聰明丸與心昌尼的重逢心緒，連結讀者的觀劇經驗，烘托故事氛圍。

　　《假名反古一休草紙》中，聰明丸由粟田山獨自前往近江國尋訪心昌尼，偶然來到心昌尼的庵室前，自陳「尋訪對象乃敝人生母，因故於幼時別離，容貌亦無絲毫記憶。據聞母名為心昌禪尼，於近江國堅田之村莊結廬落居，憑此訊息輾轉來至庵前。如若相識，請予告知[24]」。心昌尼聞言私揣，「欲立揭身分，邀入庵

近江国堅田に至り、心昌尼を尋ぬる條は、客位も能記なる、父をたづねて高野山へて、説経に誦ふ苅萱道心と、国は阿波の德島と、義太夫節に語る、鳴戶の順礼場を、錯雜にしたる飜案もの。

21　參見渥美清太郎：《系統別歌舞伎戲曲解題》中（東京：国立劇場，2010），頁 82。

22　參見渥美清太郎：《系統別歌舞伎戲曲解題》中，頁 82。

23　參見渥美清太郎：《系統別歌舞伎戲曲解題》上（東京：国立劇場，2008），頁 76。

24　柳下亭種員：《假名反古一休草紙》，頁 715。原文：尋ぬるは我実の母

中。然壓抑內中喜悅，再度細思，則父亡之際曾反覆起誓，皇子
誕生，倘入宮內，必不復見，如今何以背信？更且略聞一事，天
皇因與南朝家臣和田之女相契，誕一皇子，現下足利家多有忌
憚。則若皇子今又留住庵中，尚將遭何苦楚，難以預料[25]」，遂
佯裝不知，云「汝年幼隻身，踩踏深雪，倍受艱苦，不遠千里尋
訪生母，其志之珍貴，倘禪尼聞知此事，必當心感歡喜。然所云
之人，今不在此，或已往東行[26]」。

　　心昌尼的情緒轉折、思量角度、言語應對，誠然可見先行作
品的影響痕跡。《傾城阿波之鳴門》中，與女兒阿鶴重逢的阿弓
思量，「噫，欲云『甚念吾兒也』。不，且慢。夫婦現下乃亡命之
人，雖本有覺悟，但若稱親子，此子將遭何等苦難耶[27]」，決定

　　上、故ありて東西も、分かぬ內にお別れ申せば、御顏さへも露覚え
　　ず、心昌禪尼と御名を申し、近江の国堅田の里に、庵を結びて住み給
　　ふと、聞きしばかりを力草、やう／＼訪ひ来し者なるぞや、もし知る
　　人にもあるならば、教へてたべ。

25　柳下亭種員：《假名反古一休草紙》，頁 715。原文：我名を直ぐに打明
　　し、庵へ誘ひ參らせんと、飛立つ心を押静め、再び思ひ廻らせば、父
　　上が御最期に、若君誕生まし／＼て、都の方に入れられ給はゞ、再び
　　必ず相見じと、くれぐれ誓ひし言の葉を、今更何と背かるべき、殊に
　　は仄かに聞く事あり、南朝の家臣たる和田の娘に契りを込め、若君を
　　誕生あらせしとて、君にも今に足利家へ、憚り給ふも多しとぞ、さる
　　を今又若君を、庵にとゞめ參らせなば、此上如何なる御難義の、かゝ
　　らん事か計り難し。

26　柳下亭種員：《假名反古一休草紙》，頁 716。原文：幼なき御身の只ひ
　　とり、深雪を踏分け艱苦して、はるばる尋ねましませし、御志の有難
　　さよ、禪尼とやらの斯くと聞きなば、さこそ嬉しく思ひ侍らん、さは
　　云ひつ其人の、今は此地にあらずして、東の方へ下りしとか。

27　近松門左衛門著、鈴木義一編：《傾城阿波之鳴門》（義盛堂，1901），

隱瞞身分，一面讚許「不遠千里探訪而至，倘父母聞知，必當歡喜激動[28]」，一面勸說阿鶴返鄉。《苅萱桑門筑紫轢》中，與兒子石童丸重逢的苅萱道心因「離鄉之際，立誓今生不見妻顏，棄恩入無為。與佛祖約定之事，豈可更變[29]」，遂謊作他人，云「年歲稚幼，不遠千里，思慕前來之意志，倘生父聞知，必當歡欣眷念，欲飛奔擁抱。然按此山規制，縱偶然相逢，亦不得相認。宜速返鄉[30]」。三作在親子重逢、相見不可相認的記述上多有相似之處。又，渥美清太郎在《苅萱桑門筑紫轢》的解說中指出，高野山親子別離的旨趣來自《伊呂波物語》、《戀塚物語》、《念佛往生記》等古淨瑠璃，相同題材亦見於說經節[31]。可知柳下亭種員套用相對普及的情節模式，以此喚起閱讀者的親近感。

頁 79。原文：ヤレ我子かなつかしやと、いはんとせしが、イヤ待暫し、夫婦は今もとらるゝ命、元より覚悟の身なれども、親子といはば此子にまで、どんな憂目がかゝらふやら。

28　近松門左衛門著、鈴木義一編：《傾城阿波之鳴門》，頁 79。原文：はるばるの所を、よふ尋ねに出さしやつたのふ、其親達が聞てなら、嬉しうて／＼飛立様にあらう。

29　並木宗輔著、渥美清太郎編：《苅萱桑門筑紫轢》（東京：春陽堂，1931），頁 139。原文：国元を出づる時、妻子の顔は今生で見まいと、棄恩入無為の誓ひを立て、佛に約したる事、変ぜられうか。

30　並木宗輔著、渥美清太郎編：《苅萱桑門筑紫轢》，頁 141。原文：年端もゆかぬにはるばると、慕ひ来たる志し。誠の父が聞かれなば、さぞ嬉しくも懐かしく、飛びつく程に思はれん。さりながら、この山の掟にて、例へ廻り逢うたりとも、名乗り合ふ事叶はず。早く国へ帰られよ。

31　並木宗輔著、渥美清太郎編：《苅萱桑門筑紫轢》，頁 68。

三、一休的夙慧與奇幻遭遇

（一）故事梗概

《假名反古一休草紙》第 8 編第 15 葉至第 19 葉、第 9 編第 15 葉至第 14 編第 9 葉的內容描述：

改名千菊丸的聰明丸跟隨宗曇禪師於大德寺潛心修習，並透過與足利家臣久度辨左衛門的機智對談、僧友般若丸的佛法交流，展現不同凡響的伶俐聰穎。

卻說，佐佐木秀連因師方一案，蟄居近江宅邸。一日，以望遠鏡眺望四方，對心昌尼一見鍾情，派僕役打探消息。其後，千菊丸於夢中見文珠菩薩，得知母親將遭逢災難，稟告宗曇禪師後，獨自前往近江國。秀連的僕役強押心昌尼至秀連宅邸，心昌尼本欲以死明志，因見鼓師攜白狐前來，擬剝皮製鼓。心昌尼心有不忍，謊稱願意屈從以換取釋放白狐。白狐報恩，施展幻術。秀連遂見心昌尼持刀逃跑，式部丞貞正率援兵闖入，擒拿秀連。正待處決，又逢僧侶祐慶阿闍梨阻止，提議讓秀連出家悔過。僧侶為秀連剃髮後，與眾兵士一同消失無蹤。此時，秀連的僕役亦遭狐狸誘騙剃除鬢髮、眉毛，吞食大量蚯蚓。察覺上當的秀連怒不可抑，委託寂寞庵住持玄快協助擒捉白狐、追捕心昌尼。然而，在文珠菩薩的幫助下，千菊丸與心昌尼順利重逢，式部丞貞正與般若丸適時現身，阻止玄快的陰謀，眾人平安返回京都。

話題一轉，來到與宗曇禪師素有交情武士門田早稻衛門。多年前，早稻衛門於寒冬中撿到孤兒小雪，悉心撫養成人。未料小雪暗戀千菊丸，相思成疾。早稻衛門委請千菊丸誦經祝禱，侍女

安排小雪傾吐衷情。千菊丸開導小雪放下執念，並將繡有地獄圖像的唐錦遞交小雪，言及「醒悟禪理之具無甚於此」。多年後，小雪淪落泉州高須的花街，便以身著地獄圖像的和服聞名，獲得地獄太夫的稱號。

　　病癒後的小雪與早稻衛門前往金澤探望重病的祖母。途中遭遇惡賊，早稻衛門不幸身亡，小雪受獵人洞九郎（三上典膳）搭救。洞九郎與妻子菱垣共同撫養小雪，但百般苛虐、多所折磨。一日，夫婦夜夢火車與地獄景象，醒後罹患怪病，久難痊癒。

　　另一方面，因京城戰亂，宗曇禪師移住嵯峨野庵室。故交武士梅津嘉門來訪，請託收兒子志茂若為徒。嘉門離去前，叮囑志茂若探尋異母妹小雪的下落。

（二）典據考證

　　文本的第二部分，伴隨聰明丸的更名與入寺習法，大量融入一休禪師的機智言行。這些散見於前行作品、廣為讀者知曉的故事，勾勒出聰慧靈敏的小僧樣貌，開啟嶄新的人物關係。

　　首先，千菊丸與久度辨左衛門的機智問答借鏡著名的「太鼓答話」。《一休噺》卷 1 之 1〈一休和尚幼年與壇家戲問答之事（一休和尚いとけなき時旦那と戲れ問答の事）〉中記載，某壇家穿著皮製下裳造訪大德寺，見一休於木板書寫，「本寺嚴禁皮革物品入內。若攜入內，其身必蒙責罰[32]」。「彼壇家見云，『倘皮革之屬蒙遭責罰，此寺太鼓如何處置』。一休聞言戲云，『是以每

---

[32] 渡辺守邦校注：《一休ばなし》，《仮名草紙集》（東京：岩波書店，1991），頁 326。原文：此寺の內へかわのたぐひ、固く禁制なり。若かわの物入る時は、其身に必ずばち当るべし。

晝夜三度持棒擊之[33]。因著皮製下裳之故，君亦同受太鼓之棒擊打哉』[34]」。

其次，千菊丸隨宗曇禪師造訪門田早稻衛門，早稻衛門測試千菊丸的計謀，同樣出自《一休噺》卷 1 之 1〈一休和尚幼年與壇家戲問答之事〉。某壇家因「太鼓答話」一事，邀請養叟和尚[35]與一休造訪，並於家門橋前立一告示，「嚴禁橫渡此橋[36]」。一休見壇家以假名「はし」標示「橋」字，遂曲解為同音字「端」，意即「橋緣」，與養叟和尚悠然渡橋。面對壇家質疑「見禁令告示，何以渡橋乎[37]」，一休答云，「非也。吾等未渡橋緣，乃渡其中也[38]」。

《假名反古一休草紙》將一休禪師與壇家往來鬥智的故事拆分為二，雖削弱原典中的事件因果，卻強化千菊丸與辨左衛門、早稻衛門的因緣，豐富配角的性格呈現，也為其後千菊丸與小

---

[33] 蒙受責罰的日語「罰当たる（Bachiataru）」與持棒擊之的日語「撥当たる」發音相同，故為「戲云」。

[34] 渡辺守邦校注：《一休ばなし》，頁 326。原文：かの旦那是を見て、「皮のたぐひにばち当るならば、此お寺の太鼓は何とし給ふぞ」と申ける。一休聞給ひ、「さればとよ、夜昼三度づゝ、撥当る間、其方へも太皷の撥を当て申さん、皮の袴、着られけるほどに」とおどけられけり。

[35] 養叟宗頤：1376-1458。宗曇禪師的弟子，一休禪師的師兄。

[36] 渡辺守邦校注：《一休ばなし》，頁 327。原文：此はしをわたる事かたく禁制なり。

[37] 渡辺守邦校注：《一休ばなし》，頁 327。原文：禁制の札を見ながら、いかで橋渡り給ふぞ。

[38] 渡辺守邦校注：《一休ばなし》，頁 327。原文：いや我らは、はしは渡らず、真中を渡りける。

雪、辨左衛門之女紅衣的情誼，牽定幾許因緣。

　　再者，第 8 編尾聲，千菊丸與般若丸相識於中秋月宴，兩人進行禪學問答。其中，般若丸的「朝露偶有殘存時，誰人常在此世間[39]」，以朝露迅逝，翌日再現的情景，對比生命的脆弱短暫；千菊丸的「人生短於雷光瞬，目下吾人已難逢[40]」，以雷電閃現的瞬間，揭示過往的不復存在，彰顯珍惜眼下的重要。兩詩見於一休禪師《道歌》，蘊含禪學深意，兼具教化價值。可知作品雖是通俗色彩濃厚的合卷，但不獨揀選趣味豐富的奇行異說，亦融合佛法論述與人生哲理，嘗試展現一休禪師的完整面象。

　　同樣地，第 12 編尾聲，千菊丸與般若丸於宗曇禪師跟前進行的扇子問答，挪用著名的「扇之五戒」。《一休噺》卷 4 之 10〈新右衛門尉佛法物語之事 付 扇有五戒之事（新右衛門尉仏法物語の事 付 扇に五戒有事）〉中記載，蜷川新右衛門與一休禪師談論佛法，一休禪師指稱扇破五戒，新右衛門詢問，「如何是殺生戒。答云，非截竹為扇骨乎。如何是偷盜戒。答云，非盜虛空之風耶。如何是邪淫戒。答云，非閉合扇釘乎。如何是妄語戒。答云，非繪失實之景耶。如何是飲酒戒。答云，開扇非歌酒謠[41]乎[42]」。新右衛門詢問，「古語謂『扇是日本扇，風不日本

---

[39]　柳下亭種員：《假名反古一休草紙》，頁 815。原文：朝露は消え殘りてもありぬべし、誰か此世に殘り果つべき。

[40]　柳下亭種員：《假名反古一休草紙》，頁 815。原文：稻妻の影に先立つ身を知れば、今見る我れに逢ふ事もなし。

[41]　ざんざ：表示松風之音的用語。「ざざんざ節」的略語。（日本大辞典刊行会編：《日本国語大辞典》第 9 卷，1974，頁 17）
　　ざざんざ節：江戶時代，慶長年間（1596-1615）流行的歌謠。（日本大辞典刊行会編：《日本国語大辞典》第 9 卷，1974，頁 17）

風』。縱扇或為日本扇，風不盡為日本風。既云千里同風，何謂
之盜乎[43]。一休答云，「心內無聲亦無香，呼而應者即盜人[44]」。
《假名反古一休草紙》以般若丸替代新右衛門的角色，並將出自
蘇轍〈楊主簿日本扇〉「扇從日本來，風非日本風[45]」的古語，
簡化為「彼風與千里同風，因揮扇而生，暫留於此，何謂盜乎？
此義為何[46]」。此舉或考量合卷以婦孺為主要讀者，著眼文句的
平易淺顯，調整外來語彙的使用頻率。相似情況亦見於高度模仿
讀本名著的「抄錄合卷」，儘管敘述與讀本原作大抵相類，但因
「削除衒學的旨趣乃切合所謂合卷體裁的表現。即便是讀者，亦
認為在合卷文章中不須讀本般的考證與高尚的言語遊戲[47]」，而
修改了文字表現。

---

[42] 渡辺守邦校注：《一休ばなし》，頁 414。原文：如何是殺生戒。答て
云、竹截骨とはなさざるや。如何是偷盜戒。答て云、虛空の風を偷ま
ぬや。如何是邪淫戒。答て云、要と／＼合はせずや。如何是妄語戒。
答て云、画そらごとを書かざるや。如何是飲酒戒。答て云、開てざ
んざ言はざるや。

[43] 渡辺守邦校注：《一休ばなし》，頁 414。原文：古語に、扇是日本扇、
風不日本風、と聞時は、扇こそ日本の扇を動かすらめ、風は日本ばか
りとは限らず。千里同風とあるからは、盜む所いなや。

[44] 渡辺守邦校注：《一休ばなし》，頁 414。原文：音もなく香もなき人の
心にて呼べば答ふる主もぬす人。

[45] 蘇轍著，王雲五編：《欒城集》上（台北：台灣商務印書館，1968），頁
200。

[46] 柳下亭種員：《假名反古一休草紙》，頁 898。原文：彼の風は、千里の
風も同じ風なり、動くによって此処に止まる、何ぞ是を盜むと云は
ん、此義は如何に（としたりげに）。

[47] 丸山怜依：〈《八重撫子累物語》をめぐって──読本抄録合卷試論
──〉，《語文論叢》28（2013），頁 16。

　　又，正文之外，《假名反古一休草紙》第 9 編序言的「某年一休禪師登比叡山，僧徒知一休活佛事蹟，故請題不學無術者易解之大文字，以為山門寶物。一休遂連數十丈白紙，自金堂前過不動坂，鋪設至阪本。後以大筆浸墨，直書於前述白紙，一逕引筆前奔。問眾法師，『能解否』。答云，『毫不知也』。一休云，『《伊呂波歌》中，不見虛無夢境[48]之行裡的し字，豈非易解之大文字乎』，眾皆怔然[49]」，亦取材自「し之字」的軼事。《一休噺》卷 2 之 9〈作山姥之謠登比叡山之事　付　比叡山法師請一休題字之事（山姥の謠を作りて叡山に上り給ふ事　付　山法師一休に掛字を書かする事）〉中即載有相同故事。

　　最後，門田早稻衛門養女小雪淪落花街，成為地獄太夫的安排，連結一休禪師與遊女地獄的因緣。在千菊丸拒絕小雪的示愛後，「持起一旁讀經桌上鋪設的地獄模樣紅色唐錦敷巾，口誦詩

---

[48] 原文：淺き夢見じ。《伊呂波歌》中的歌詞。

　　伊呂波歌：據說由表述涅槃經四句偈「諸行無常、是生滅法、生滅滅己、寂滅為樂」意涵的「嬌花綻放終凋散，世間誰能恆久長，今越現世深山嶺，不見幻夢不迷醉」，凡七五調 4 句 47 字組成的流行歌謠。以不重複同一文字的方式寫成，創作於平安中期的韻學世界，用以調整音調，亦作為習字範本、字母表，及標示事物的順序。（日本大辭典刊行会編：《日本国語大辞典》第 2 卷，1973，頁 417）

[49] 柳下亭種員：《假名反古一休草紙》，頁 819。原文：一休或年叡岳に登玉ひしに、衆徒等禪師の活仏なるを知ゆへ、不学の者に読やすき文字を、長く書て給はれかし、山門の宝物にせんとこしかば、楮を数十丈に継たてさせ、金堂の前より不動坂を過、阪本かけて布置、扨大筆に墨を浸、件の紙に打付て、直走に引ゆき、法師達読候哉と問に、更に読得ずと答ければ、いろはの中なる、あさきの條にあるしの字なり、朶ながくて読やすき字にはあらずやと、仰るにぞ一同に呆し体にて。

歌上句『眼見更勝耳聞，誠駭人之地獄也』，小雪旋即答應下句
『凡來死者盡墜地獄矣』。千菊丸感佩其才，『……，此般敷巾之
織錦模樣乃地獄情狀，醒悟禪理之具無甚於此，以為汝衣，覆著
其身，佛鬼一如之教即示眼前。雖身飾脂粉，然心著墨衣。今後
為佛門子弟，切勿懈怠一日』[50]。此段記述將一休禪師與地獄
太夫的初見對話大幅挪前，不僅鋪墊「其後小雪淪落花街，全盛
時期，據此敷巾為正裝，因模樣描繪地獄景況，以地獄太夫之稱
聞名，無人不曉[51]」的後續發展，引發讀者興趣，同時改寫地獄
太夫的稱號由來，加深雙方羈絆。本段情節裡，小雪在平凡少女
的情竇初開中，流露平易近人的特質；在詩歌對答的敏捷中，展
現聰慧靈巧的一面。而一休禪師的婉拒戀慕、開導執念，則反映
堅定的心性與卓越的智慧，獲得宗曇國師讚許「汝為釋迦再世

---

[50] 柳煙亭種久：《假名反古一休草紙》第 13 編，第 14 葉左側第 15 葉右
側。原文：(千菊丸は)傍らの読経の机に敷きまうけし色紅の唐錦に
地獄の様を織り出だせし打敷を手に取り上げ、「聞きしより見て恐ろ
しき地獄かな」ト上の句ばかりをのたまえば、小雪さそくに下の句
を、「しにくる人のおちざらめやは」トことふるさいのいみじきに、
千菊丸は深く感じ、「……これなる打敷の錦の模様は地獄の有様、禅
理を悟るはこの品に上超すものはあるべからず、これをそなたの衣に
仕立てあけくれ、その身にまとわば仏鬼一如と示されたる教えもここ
にまのあたり身に紅粉を装ふとも心は墨の麻衣、今より仏の御弟子と
なり、ゆめ／＼ひと日も怠りたまいぞ。」

[51] 柳煙亭種久：《假名反古一休草紙》第 13 編，第 14 葉左側。原文：の
ち／＼小雪がかわたけの流れの里に身をひさぎ、全盛をつくす頃、こ
の打敷を晴れ着となし、模様に地獄の形あれば、地獄太夫ともてはや
し、知らざるものは無かりしとぞ。

歟？達摩化身歟？[52]」。一休禪師與地獄太夫的角色形象因而更加充實飽滿、生動親切。

　　值得留意的是，小雪的登場實為第 13 編，以地獄太夫的身分登場更待第 16 編。然而，作品卻極早勾勒地獄太夫的圖像。第 3 編卷首插圖描繪千菊丸與小雪的初識，標註「賤女小雪，後泉州高須郡之契情地獄」；第 5 編卷首插圖描繪侍童持鏡照見地獄太夫，標示「一雙玉手千人枕，一點朱唇萬客嘗」；第 8 編卷首插圖描繪「泉州高須里遊女地獄太夫裲襠」；第 12 編卷首插圖描繪地獄太夫夜逢鬼魅。同時，第 4 編序言的「禪師之年幼期，不免如素食齋飯般平淡。直至描述高須之地獄、野晒悟助之義氣相助前後，宛若當地鮮味，堺濱之櫻鯛、大和川之鰻魚等。圖文皆華美，情節亦當精彩。在此之前，懇請忍耐，時見文辭生澀，燈盡欠伸，為待後編之美味也[53]」；第 8 編序言的「紫巖的一休禪師徘徊於高須遊里，戲詠和歌『眼見更勝耳聞，誠駭人之地獄也』[54]」，也預告後續的登場人物，希冀藉此留住讀者的興趣。可知一休禪師與遊女地獄的故事廣受大眾喜愛，是本作的一大賣點。

---

[52]　柳煙亭種久：《假名反古一休草紙》第 13 編，第 14 葉左側。原文：汝は釈迦の再来か、達磨の化身か。

[53]　柳下亭種員：《假名反古一休草紙》，頁 729。原文：禅師の幼稚頃、精進物の難は免ず、竟出像高須の地獄、野晒悟助が達引あたりは、所がらとて鮮、堺の浜の桜鯛、大和川の鰻鱺など、画組も読も花美なる、旨き條さへまゐらすべし、これまでの御辛抱と、頻文の偏屈、油盡の欠に倦で、後編の美味を待たせ給へかし。

[54]　柳下亭種員：《假名反古一休草紙》，頁 801。原文：紫巖の一休禅師は、高須遊里に徘徊、きゝしより見て恐ろしき地獄かなと、阿曽比に歌をよみかけしとか。

圖 2　柳下亭種員《假名反古一休草紙》第 11 編
第 11 葉左側第 12 葉右側（早稻田大學圖書館藏）

　　另一方面，在佐佐木秀連追求心昌尼的橋段中，穿插了白狐報恩的奇幻故事。白狐為近江國甲賀山小姬狐，「性厭邪法，助善妨惡[55]」，曾多次阻撓玄快住持召喚眾狐為亂，為回報心昌尼的救命之恩，施展幻術，捉弄秀連及其屬下。第 11 編第 11 葉左側第 12 葉右側（圖 2）繪有狐狸頭戴骷髏，佇立荒野的景象。故事正文雖未提及相應內容，但參照《伽婢子》卷 2〈狐之妖怪（狐の妖怪）〉「道旁有一狐奔出，頭戴死人骷髏，佇立朝北參拜，彼骷髏落地。又取之頭頂禮拜，再落地。落地則又戴之，及至七八次不再掉落，狐則兀自佇立，朝北參拜百次。……倏地變

---

[55]　柳下亭種員：《假名反古一休草紙》，頁 881。原文：彼れは元よ邪法を惡み、善に与し惡をくじき。

為十七八歲女子，其美貌，國中無可匹敵[56]」，可知插圖再現的應
是白狐改換樣貌的奇特情狀。

　　秀連屬下彌源太、彌源次亦遭小姬狐欺騙，迷失山野，忽見
一清麗宅邸。窺望之間，受邀入內，屋主貌美青春，殷勤招待，
飲酒歡賭，不覺醉臥昏睡。翌日，兩人遭剃鬢髮、眉毛，察覺是
小姬狐的復仇，「假作珍味佳餚，竟以何物招待？未知實貌，正
言胸極苦悶，馬糞與數多蚯蚓一齊吐出[57]」。妖狐幻化各種樣
貌、施展幻術欺騙人類、依憑附身等事例，散見於江戶時代的文
藝作品，透露對狐狸怪異性的深刻認識[58]。彌源太、彌源次的遭
遇即典型的妖狐惡行。《伽婢子》卷 9〈狐偽與人結契（狐偽り
て人に契る）〉裡亦見，安達喜平次攜僕役二人返近江國，途中
遇美女邀訪，於華美宅邸受豐厚招待，同玩雙六，贏得賭注。翌
日天明，安達自後門離去，忽「自單側崩塌之山際洞穴內爬出，
茅草叢生，紫菫盛綻，風拂松木，遙聞澗聲。不見賭注遞交之笄

56　淺井了意：《伽婢子》，《近代日本文學大系》第 13 卷（東京：国民圖
　　書，1927），頁 130。原文：道の傍に一つの狐駆け出でて、人の髑髏
　　を戴き立ち上りて北に向ひ礼拝するに、彼の髑髏地に落ちたり。又取
　　りて戴きて礼拝するに又落ちたり。落つれば又戴く程に、七八度に及
　　びて落ちざりければ、狐則ち立居心の儘にして、百度許り北を拝む。
　　……忽ちに十七八の女になる、其の美しさ国中には竝びもなく覚えた
　　り。

57　柳下亭種員：《假名反古一休草紙》，頁 888。原文：珍味佳肴と見せか
　　けて、如何なる者を食はせしにや、其正体も定かならず、いと胸苦し
　　と云ふままに、馬の渤と諸共に、蚯蚓を数多吐き出せり。

58　參見三輪京平：〈近世狐譚の趣向とその比較〉《三重大学日本語学文
　　学》26（2015），頁 48。

簪，獲取之沉香變為無用木片[59]」，乃知「誠狐之誆騙也[60]」。惟小姬狐的捉弄建立在善惡果報的原則上，如第 10 編序言揭示「可作讚佛乘之緣[61]」，也呼應江戶時代的狐譚伴隨時代推演漸具教訓色彩的整體傾向[62]。

　　附帶一提，小姬狐的同名角色亦見於元祿 16 年（1703）1月於京都萬太夫座初演的歌舞伎《大和國藤川村年德神》。《役者御前歌舞伎》（1703）〈京之卷〉記載，演員霧波千壽「於年初歌舞伎《大和國藤川村年德神》飾小姬狐，避雨松樹下，因與太郎君之情事深切，其後引出狐狸之舉止，大獲好評，觀者甚悅[63]」，可知妖狐幻化美女，迷惑男子的形象為兩者所共通。

四、一休的僧友與人際往來

（一）故事梗概

　　《假名反古一休草紙》第 14 編第 10 葉至第 16 編第 16 葉的

---

[59]　淺井了意：《伽婢子》，頁 250-251。原文：片崩れなる山際の穴の内より這ひ出でたり。茅みだれ菫咲きて松の風高く吹く、谷の水遠くきこえたり、賭に渡したる簪はなく、取りたる沉香はさしもなき木の片なり。

[60]　淺井了意：《伽婢子》，頁 251。原文：狐の誑しけるにこそ。

[61]　柳下亭種員：《假名反古一休草紙》，頁 837。原文：讚佛乘の緣ともなれ。

[62]　三輪京平：〈近世狐譚の趣向とその比較〉（頁 57）指出，狐之怪異由最初令人驚恐，伴隨時代推演成為令人喜愛的娛樂，其後不僅作為單純的娛樂，同時具有教訓性，擔當讀者的啟蒙。

[63]　轉引自森谷裕美子：〈近世演劇における狐：元祿期を中心に〉《国文学研究資料館紀要・文学研究篇》45（2019），頁 192。

內容描述：

　　將軍足利義滿藏有宋徽宗手繪的「鯉魚一軸」，因鯉魚左眼未描瞳孔，想請託畫師浮世又平代為點睛。宗曇禪師出言阻止，但將軍執意召喚又平。在又平的添筆下，忽地狂風暴雨、雷電不止，鯉魚躍出圖卷，消失天際。將軍以又平操作禁咒為由，押其入獄，並派人抓取又平妻子錦繪。錦繪拔刀抵抗，鮮血滴落繪卷，畫中的人物紛紛現身，嚇走將軍部屬。錦繪掛念丈夫安危，持刀自盡，希望魂魄寄於畫作「藤娘」，援救丈夫。

　　另一方面，千菊丸因顧忌皇子身分，佯裝縱情酒色、遊樂花街，與遊女紅衣情感甚篤。紅衣因招待千菊丸，冷落寺僧邪魔丸、意地若。兩人忿忿不平，埋伏於千菊丸的歸途，反遭般若丸丟入田中，狼狽返寺，結下仇怨。

　　此時，大德寺前的商人十倉屋鍵助，因兒子菊太郎足不出戶、鮮少友伴，請託家僕實藏想方設法。實藏向幫閒吉兵衛求助，吉兵衛佯裝武士石部金十郎，以豐富見聞取得菊太郎的信賴。其後，邀請菊太郎參加花藝師傅的年忌，引薦遊女竹生島。自此，菊太郎著迷遊樂，時與女子交換情書。邪魔丸向菊太郎騙取情書，將書封上菊太郎的俳名十菊，添改為千菊，塞入千菊丸的文箱。一日，寺中訪客請求閱覽千菊丸的日常習作，意外翻出多封情書。不巧，意地若亦向宗曇禪師舉報般若丸射殺放生池的駕鴦。千菊丸、般若丸因觸犯色戒、殺生戒，被逐出寺廟。兩人茫然走出村外，遇見久候多時的辨左衛門。辨左衛門轉達，宗曇禪師已知千菊丸、般若丸的冤屈，請託兩人出外尋找「鯉魚一軸」的鯉魚。辨左衛門並補充紅衣是自己失散多年的女兒，令其拜師心昌尼，取名昌月尼。

（二）典據考證

　　文本第三部分的開端，登場的畫師浮世又平借鏡近松門左衛門的淨瑠璃《傾城反魂香》。故事敘述畫師狩野元信與遊女遠山的悲戀，途中穿插畫師又平協助藏匿近江國高島主君賴賢之女銀杏。面對追兵橫闖屋內，肆意破壞，座頭[64]、奴[65]、藤娘紛紛自又平描製的大津繪中現身，擊退惡敵。《假名反古一休草紙》裡，釣鐘弁慶、槍持奴[66]、鬼之念佛[67]的人物驅趕將軍部屬，藤娘成為又平妻子的魂魄寄託，皆脫胎自此。特別的是，藤娘由抵抗追兵的眾多角色一變為寄託精魂的對象。第 14 編第 16 葉左側第 17 葉右側更以半葉篇幅精細描繪頭戴黑笠，身著藤花服飾，手持藤枝的紫藤花精（圖 3）。藤娘的優雅柔美或是作者將其與豪傑武將區隔的考量，圖像的獨立呈現亦能吸引讀者的目光。

　　同樣突現異變的是將軍足利義滿珍藏的「鯉魚一軸」。儘管宗曇禪師提出名畫多有怪異，以「有巨勢金岡描繪之馬每夜食清

---

[64] 座頭：盲人剃髮作僧人裝扮，彈奏琵琶、箏、三味線、胡弓等樂器，吟誦歌謠、述說故事，或從事按摩、針灸等工作者的總稱。（日本大辞典刊行会編：《日本国語大辞典》第 9 卷，1974，頁 94-95）

[65] 奴：僕役。忠實的家臣。（日本大辞典刊行会編：《日本国語大辞典》第 19 卷，1976，頁 498-499）

[66] 槍持奴：以僕役之姿持鳥毛長槍，腰間配戴兩把太刀。（金美真：〈種彥合卷《女模樣稻妻染》と大津絵の趣向——三馬・京伝合卷との比較を通して——〉，《日本文学》61-4（2012），頁 57）

[67] 鬼之念佛：鬼臉的沙門姿態。手持木槌與奉加帳，頸掛銅鉦。（金美真：〈種彥合卷《女模樣稻妻染》と大津絵の趣向——三馬・京伝合卷との比較を通して——〉，頁 57）

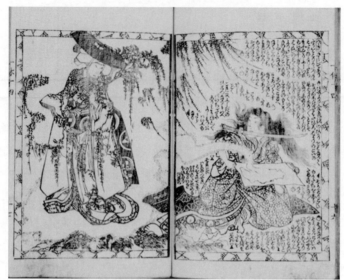

圖 3　柳煙亭種久《假名反古一休草紙》第 14 編
第 16 葉左側第 17 葉右側（早稻田大學圖書館藏）

涼殿萩草一例，亦有吳道子之龍飲池水一事[68]」，勸諫「若為點
睛，今後鯉魚一軸作何變化實難預測，顧憚此事，望止所思[69]」，
依舊難以動搖足利將軍的決心。於是，在又平的凝神點睛下，
「自墨池騰升一道黑氣，不久天降滂沱大雨，閃電密集，轟隆雷
鳴似將劈落於頂，眾人莫不驚駭。奇異的是，彼畫軸為空中舞降

68　柳煙亭種久：《假名反古一休草紙》第 14 編，第 12 葉左側。原文：巨
　　勢金岡の描きたる馬はよな／＼萩の戶の萩をはみたる例あり、又吳道
　　子の竜は池の水を飲みたることあり。

69　柳煙亭種久：《假名反古一休草紙》第 14 編，第 12 葉左側第 13 葉右
　　側。原文：瞳を点じなば、これより件の一軸は如何なる変化をしょう
　　ぜんもおさ／＼測り難ければ、この義ばかりは憚りながら思い止とま
　　り給われ。

之黑雲包圍，一瞬遙登虛空，其勢更勝飛矢，化作約二十尋（筆者注：一尋約 1.5-1.8 公尺）大鯉魚，向西飛去[70]。此段情節參考享保 5 年（1720）8 月大阪竹本座首演的近松門左衛門淨瑠璃《雙生隅田川》。故事敘述吉田行房展示受託保管的「鯉魚一軸」。勘解由兵衛見云，「如斯重寶，惶恐批評，此鯉無眼，實是可疑[71]」。吉田行房解釋，曾有昆明池的鯉魚為釣鉤所苦，化身老翁入漢武帝夢中求援，武帝親取釣鉤，老翁奉呈一雙夜光玉，幻化魚形離去。武帝醒後，「自繪其鯉模樣，未點魚眼間，忽而尾鰭擺動，若添目睛，必離畫絹入水，驚異止筆。其鯉即此繪也。雖代代天子相傳，終未點睛[72]」。其後，行房之子梅若丸受奸人拐騙，為鯉魚點睛，以致鯉魚躍出畫絹，潛入庭院池水。僕役軍介奮力擒拿，刺穿魚眼，終令「鯉魚一軸」回復原貌。《假名反古一休草紙》挪借了寶物「鯉魚一軸」，依樣描繪鯉躍龍門

70　柳煙亭種久：《假名反古一休草紙》第 14 編，第 13 葉左側第 14 葉右側。原文：硯の海よりむら／＼と一道の黑気立ち上る、程もあらせず、降り注ぐ大雨しゃじくをながすが如く、閃く稲妻隙間なくなり、はためく雷は頭上にいまや落ちかかるかと、人々肝を冷やさぬもなかりし程に、かの一軸は怪しむべし空中降り舞い下がる黑雲に取り包まれ、虛空遙かに閃き登る勢いには矢よりも鋭く見る間に、はたひろはかりなる大鯉魚と形を変、西を指してぞ飛び去りける。

71　近松門左衛門：《雙生隅田川》（東京：武蔵屋叢書閣，1891），頁 17。原文：斯斗りの御重宝批言わ恐れ多けれ共、此鯉に眼無わ不審にこそ。

72　近松門左衛門：《雙生隅田川》，頁 18。原文：武帝其鯉の有様を自ら画き給ひしに。未だ眼を入ざる内忽ち尾鰭動きしかば、眼を入なば絵絹を放れ必ず水に入べしと、驚き筆を止給ひし其鯉わ此絵にて。代／＼の天子に伝え共終に眼を入られず。

的圖樣,遙遙呼應畫龍點睛的傳說軼聞。

　又,千菊丸、般若丸捕捉鯉魚的景象見於《假名反古一休草紙》第 16 編第 9 葉左側第 10 葉右側。武者與巨大鯉魚搏鬥的場面是夏日歌舞伎常見的「擒鯉(鯉掴み)」。三升屋二三治的戲劇著作《紙屑籠》記載,從初代尾上菊五郎於水槽中使用道具鯉魚起,傳承尾上松綠(尾上松助),授與梅幸(三代菊五郎),成為尾上家的代表技藝[73]。文化 6 年(1809)6 月於江戶森田座首演的歌舞伎《阿國御前化粧鏡》、天保 3 年(1832)8 月於江戶河原崎座上演的《天竺德兵衛韓噺》、天保 9 年(1838)6 月於中村座上演的《昔菊家怪談》,皆在故事尾聲安排佐佐木家珍寶「鯉魚一軸」誤落川中,鯉魚自畫卷游出,忠臣以配刀貫穿魚眼,復原畫卷的情節。夷福亭主人的合卷《天竺德兵衛韓噺》(1833)據天保 3 年 8 月的同名歌舞伎作成,第 19 葉左側第 20 葉右側插圖(圖 4)描繪忠臣持刀壓制巨大鯉魚的場面,與般若丸擒捉鯉魚的圖像要素有異曲同工之妙。《假名反古一休草紙》的故事內容雖與《阿國御前化粧鏡》系列作品不甚相關,但透過攝取時興戲劇的趣味,使得作品間形成巧妙的關連網絡,呈現江戶文藝交相影響的密切性。

　另,《假名反古一休草紙》第 5 編第 3 葉左側第 4 葉右側(圖 5)可見僧侶乘坐巨大鯉魚的插畫,右側標寫「大德寺沙彌宗純。後稱一休禪師」。典據或本於《列仙傳》、《搜神記》中的「琴高乘鯉」,借鏡戰國時代的仙人琴高乘赤鯉入水而去的傳說。

73　參見鈴木重三:〈画題──說話・伝説・戲曲──〉,《原色浮世繪大百科事典》第 4 卷(東京:大修館書店,1981),頁 66。

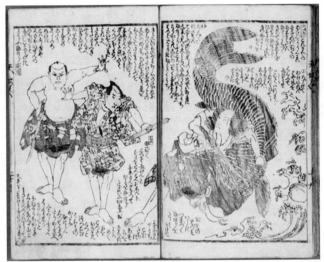

圖 4　夷福亭主人《天竺德兵衛韓噺》第 19 葉左側第 20 葉右側
（早稻田大學圖書館藏）

圖 5　柳下亭種員《假名反古一休草紙》第 5 編
第 3 葉左側第 4 葉右側（早稻田大學圖書館藏）

然浮世繪中，散見鈴木春信、喜多川歌麿仿琴高圖描摹遊女乘坐巨大緋鯉的作品[74]，是江戶時人熟悉的題材，或為構圖靈感的直接由來。

此外，為彰顯又平的聲名遠播，特意安排大德寺僧侶持白絹請託作畫。又平隨興勾勒一圈，交還寺僧。寺僧向千菊丸訴苦，千菊丸提筆添加畫贊，「水中有物。問其所謂。畫工不知。物主不知。吾人題贊更無所知[75]」，獲得宗曇禪師的肯定。本段情節挪借自《一休噺》卷 2 之 2〈一休和尚題贊土佐守掛繪之事（同土佐守が掛絵に讃を書きたまふ事）〉，以浮世又平替換土佐守的角色。基於情節合理性的考量，在角色性格的塑造上，亦沿用土佐守的任性自適。

附帶一提，《假名反古一休草紙》第 4 編下冊的封面襯頁（圖 6）於淡藍底色上描繪白色水紋，以墨色勾勒圓圈置中，題曰「水中有物。問其所謂。畫工不知。書肆不知。作者敝人更無所知[76]」。模仿一休禪師畫贊，添加作者創意的文句，別有一番趣味。若參照《浮世一休廓問答》後帙封面襯頁描繪水紋圓圈，

---

[74] 參照津田真弓：〈江戶戲作を泳ぐ鯉──琴高・端午・滝昇り・人魚・鯉摑み〉，《鳥獸虫魚の文学史》4（東京：三弥井書店，2012），頁298。

[75] 柳煙亭種久：《假名反古一休草紙》第 14 編，第 12 葉右側。原文：水中にものあり、その一物を問えば、画工も知らず、持ち主も知らず、賛する我はなお知らず。

[76] 柳下亭種員：《假名反古一休草紙》第 4 編下冊，封面襯頁。原文：水中に物あり、其一物を問へば、かきし画工も知らず、版元も知らず、作する我は猶知らず。

圖 6　柳下亭種員《假名反古一休草紙》第 4 編下冊
封面襯頁第 11 葉右側（早稻田大學圖書館藏）

題寫「水中有一物。問其畫者。謂之花押[77]」，圖像的揭載位置
及文詞表現相似，考量柳下亭種員為柳亭種彥的弟子，推測兩者
的關連程度甚高。

五、圖像的特色與創作巧思

合卷的圖文並陳與著重插畫的特質，有助作者跳脫文字的侷
限、情節的連貫，添補作品內容與典據的豐富性。《假名反古一
休草紙》的圖像數量繁多，除了前述章節展現的戲劇要素與奇幻

77　柳亭種彥：《浮世一休廓問答》後帙，封面襯頁。原文：水中に一物あ
り。画者に問は。花押なりと答ふ。

趣味外，在地方色彩的反映、一休軼事與中國文藝的借鏡上，均值得留意。

　　首先，初編尾聲至第 2 編開端描寫南朝武士假扮「燈籠踊」舞者襲擊北朝將領式部丞貞正的場面。事件舞台於京都洛北花園村，時值盂蘭盆節，正逢「燈籠踊」的慶典活動。燈籠踊，「其狀乃一里之年輕女子，頭戴各式裝飾燈籠，又於燈籠下方垂墜飄飄剪紙，遮掩各自容貌[78]」，具有鮮明的地方色彩。初編下冊封面襯頁指出，「燈籠踊行於洛北岩倉花園村。延寶 3 年刊本《山城國四季物語》可見記載，徵引《日次紀事》等之山東京傳《骨董集》有詳盡解說，故不予贅述[79]」。《骨董集》揭載燈籠踊的圖像，彙整《都歲時記》「頭戴妝點各式花朵，製作精巧之四角燈籠起舞[80]」、《日次紀事》「洛北岩倉花園兩村之少女，各戴大燈籠，集聚八幡神社前，男子擊鼓吹笛，以助舞踊，此謂燈籠踊也[81]」，說明燈籠踊的風俗特徵。藉由故事背景的擇選，《假名反古

78　柳下亭種員：《假名反古一休草紙》，頁 684。原文：其さまは一と里の
　　若き女子、さまざまの造りものしたる、灯篭を頭に戴き、又ひら／＼
　　と切りたる紙を、其灯篭の下にさげ、面々の顔を隠す。

79　柳下亭種員：《假名反古一休草紙》初編下冊，封面襯頁。原文：灯篭
　　踊は洛北岩倉花園邑にあり、延宝三年の印本山城国四季物語に見えた
　　り、日次紀事等を引て京伝翁が骨董集に詳に辨じられたれば、ここに
　　は言わず。

80　山東京傳：《骨董集》上編上卷（東京：早稲田大学図書館蔵本，
　　1836），第 26 葉左側。原文：さまざまの花をかざり、巧をつくしたる
　　四角なる灯篭を戴きてをどる。

81　山東京傳：《骨董集》上編上卷，第 26 葉左側。原文：洛北岩倉花園両
　　村少年の女子、各大灯篭を戴き、八幡の社前に衆りて、男子大鼓を撃
　　ち笛を吹き、踊を勧む、是を灯篭踊といふ。

一休草紙》初編第 15 葉左側第 16 葉右側（圖 7）再現燈籠踊的
獨特風情於紙面，頭戴形形色色裝飾燈籠的武士不同於女子的柔
媚嬌豔，別有一番新穎趣味，節慶形式與劇情發展的密切結合帶
來閱讀的驚奇性。

圖 7　柳下亭種員《假名反古一休草紙》初編
第 15 葉左側第 16 葉右側（早稻田大學圖書館藏）

　　第 3 編第 1 葉左側至第 4 葉左側的 4 幅連續圖像，以琵琶湖
南部的「近江八景」為背景，呈現顯著的地方色彩。繪師歌川國
輝按葉面順序描繪：堅田落雁、瀨田夕照、三井晚鐘、矢橋歸
帆、比良暮雪、粟津晴嵐、唐崎夜雨、石山秋月。江戶時代中後
期，近江八景透過多樣媒材的傳播，廣受各階層的認識。地理
誌、名所圖繪、歌舞伎與淨瑠璃、浮世繪、和服與工藝品等，各

類型的作品皆可見近江八景的題材[82]。此外,近江八景的記事亦揭載於日用教養書籍,諸如《萬民調寶記》(1692)、《大寶和漢朗詠集》(1712)、《錦葉百人一首女寶大全》(1811)、《江戶大節用海內藏》(1863)、《錦森新版 豐泰商賣往來》(1865),與年號略紀、諸國地名、漢詩和歌選、女教指南、商業語彙,同為時人的普遍教養[83]。第 1 葉左側第 2 葉右側(圖 8)描繪肩挑瓦器的千菊丸與拾薪汲水的小雪,背景是堅田滿月寺浮御堂湖上的群雁飛舞、瀨田唐橋眺望琵琶湖的夕照風光,葉面題有《七十一番職人歌合》〈瓦器工匠〉「瓦器任取落,破碎如心思[84]」。此處的破損碎裂,既指瓦器,又喻心思紛雜混亂之意[85]。第 2 葉左側第 3 葉右側(圖 9)描繪近江國堅田船夫雁作與扇子屋塵右衛門之女風折,背景是三井寺晚鐘時分的暮色、矢橋的船隻歸返、比良山峰的積雪,葉面題有《七十一番職人歌合》〈扇商〉「秋寒寢扇不興風,重雲藏月[86]」。因上句有「不興風」,連結吹拂層雲之風息亦止,難得秋月為之掩覆的感慨[87]。《七十一番職人歌合》是中

---

82 參見鍛治宏介:〈近江八景詩歌の伝播と受容〉《史林》96-2(2013),頁 272。

83 參見鍛治宏介:〈近江八景詩歌の伝播と受容〉,頁 273-279。

84 柳下亭種員:《假名反古一休草紙》第 3 編,第 2 葉右側。原文:悪しさまにとりおとしつるかはらけの、われてくたげてものおもふかな。

85 下房俊一:〈注解《七十一番職人歌合》稿(七)〉《島根大学法文学部紀要・文学科編》15-1(1991),頁 46。

86 柳下亭種員:《假名反古一休草紙》第 3 編,第 3 葉右側。原文:秋さむきねやのあふきの風たえて、雲のおりめの月そかくるる。

87 下房俊一:〈注解《七十一番職人歌合》稿(五)〉《島根大学法文学部紀要・文学科編》13-1(1990),頁 28。

圖8　柳下亭種員《假名反古一休草紙》第3編
第1葉左側第2葉左側（早稻田大學圖書館藏）

圖9　柳下亭種員《假名反古一休草紙》第3編
第2葉左側第3葉左側（早稻田大學圖書館藏）

世後期假託各類工匠、商販、藝人吟詠明月與戀情的詩歌集。兩句詩文雖與近江八景不甚相關，但連結職人歌合的創作手法，對於熟悉日用教養書籍的讀者來說，應不感突兀。又，瓦器工匠、扇子商人的擇選，隱含一休故事的影響痕跡。前者參見《一休噺》卷 2 之 11〈強奪瓦器商人之事〉；後者參見《堺鑑》下卷〈一休和尚鳥繪扇子〉，詳細內容載於本書第三章第三節。

再者，《假名反古一休草紙》不僅在故事情節中融合一休禪師的奇聞軼事，亦利用卷首插圖暗揭讀者耳熟能詳的典故。

舉例來說，第 8 編第 1 葉左側至第 4 葉右側為 3 幅連續圖像。首幅「泉州高須里遊女地獄太夫襠襦」（圖 10）描繪淪落花街，成為地獄太夫的小雪驚睹淨婆梨鏡裡菱垣殺害師方的景象。鏡面下方由細點構成的火車虛影，以火焰連結次幅插圖，揭示菱垣的惡行果報。同樣現身插圖的是「和泉國乳之岡隱士一路居士」（圖 11）。一路居士「曾為仁和寺一代門主，厭棄人世，私自遁逃，閑居左海（大阪府），玩賞詩文，安貧樂道[88]」，與一休禪師互有往來。《堺鑑》下卷〈一路居士〉記載，「一路與一休同時人也。一日，一休和尚問一路曰，『萬法有路，如何是一路』。一路答曰，『萬事皆可休，如何是一休』[89]」。又，《堺鑑》提及一路居士懸掛鍋釜，向往來者化取米糧。《和泉名所圖會》卷 2

---

[88] 無染居士《道歌心の策》，第 11 葉左側。原文：仁和寺一代の門主たりしが、世を厭ひ、竊かに遁れて、左海に閑居し、詩歌を弄びて、清貧を樂しまる。

[89] 衣笠宗葛：《堺鑑》下卷，第 5 葉左側。原文：一路ハ一休ト同時ノ人也。或時一休和尚一路ニ問曰、萬法有路、如何是一路。一路答曰、萬事皆可休、如何是一休。

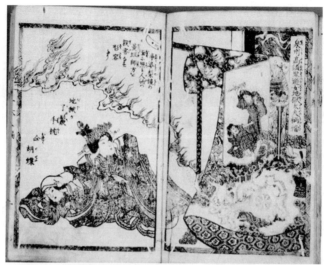

圖 10　柳下亭種員《假名反古一休草紙》第 8 編
第 1 葉左側第 2 葉右側（早稻田大學圖書館藏）

圖 11　柳下亭種員《假名反古一休草紙》第 8 編
第 2 葉左側第 3 葉右側（早稻田大學圖書館藏）

圖 12　柳下亭種員《假名反古一休草紙》第 8 編
第 3 葉左側第 4 葉右側（早稻田大學圖書館藏）

圖 13　柳下亭種員《假名反古一休草紙》第 2 編
第 1 葉左側至第 2 葉右側（早稻田大學圖書館藏）

則細加說明，「寺中有畚懸松，一路居士於此閑居。行人往來中，設一畚由此松枝懸垂而下，受仁慈者食糧，以維露命[90]」。末幅插圖「乳之岡畚掛松」（圖 12）即再現一路居士的奇行。值得一提的是，第 2 編第 1 葉左側至第 2 葉右側插圖（圖 13）揭示「楠家重臣恩地左近一滿之嫡孫般若丸，後年隱遁於泉州，即一路居士也[91]」，將一路居士設定為千菊丸的同寺友伴，反映兩人的友好情誼。

又，第 6 編第 1 葉左側至第 4 葉右側為三幅垂直的連續圖像，勾勒莊嚴雄偉的巨大佛像。第 3 葉左側第 4 葉右側的圖像（圖 14）中可見，告示牌的「來七月廿四日／開眼／關之宿地藏院職事」及旗幟的「勢州關之驛／九關山寶藏寺／地藏堂再建」，明顯指涉一休禪師的關之地藏傳說。據《一休噺》卷 1 之 6〈一休和尚關之地藏供養之事（同関の地藏供養し給ふ事）〉的記載，東海道驛站關（三重縣）之地藏堂邀請一休禪師為佛像開眼，在香花素果的供奉中，一休「毫無顧忌奔走而出，自彼地藏頭頂溺溲，宛若廬山飛瀑。種種供物亦遭澆灌，流淌浸溼，云『開眼至此』，急赴關東[92]」。《假名反古一休草紙》的卷首插圖雖

---

[90] 秋里籬島：《和泉名所図会》卷 2（東京：国立国会図書館藏本，1796），第 23 葉右側。原文：畚懸松当寺にあり。一路居士此所に閑居して、人の往来を施し一ツの畚を此松枝より下ろし、志ある人に食物を受けて、露命を繋ぎ給ひける。

[91] 柳下亭種員：《假名反古一休草紙》第 2 編，第 2 葉右側。原文：楠家の長臣恩地左近一滿の嫡孫般若丸、後年泉州に隱遁して一路居士といふ是なり。

[92] 渡辺守邦校注：《一休ばなし》，頁 338。原文：つか／＼と走りより、彼地藏の頭から小便をしかけ給ふこと、廬山の滝のごとし。種々の供

**圖 14　柳下亭種員《假名反古一休草紙》第 6 編
第 3 葉左側第 4 葉右側（早稻田大學圖書館藏）**

未描繪前述情節，卻透過佛像背景與標語文字召喚讀者的相關記
憶，擴充典據運用。暗示性的表現手法，提供讀者依據自身學養
推敲圖像意涵，更添文本的玩賞樂趣。

　　此外，插圖提供角色的相關資訊，間接透露中日文藝間的影
響痕跡。第 16 編中，宗曇禪師委託千菊丸、般若丸尋找「鯉魚
一軸」的鯉魚，建議二人「往登日向國霧島山，拜桃花仙人為

物もうきになり、流るゝばかりしかけて、「開眼はこれ迄なり」と
て、あづまをさして急がれける。

師，於難行苦行中磨練禪理[93]」。有關日向國（宮崎縣）霧島山仙人的傳說，普遍認知的是江戶時代的雲居官藏。橘南谿《西遊記》卷 4 記載，「時霧島山有一仙人，名稱雲居官藏。本為武士平瀨甚兵衛，聊因不平，棄捨官祿，避逃人世，藏身深山，不與人見[94]」，「操飛行自在之術，尚有諸多不可思議[95]」。有趣的是，《假名反古一休草紙》第 15 編第 1 葉左側第 2 葉右側的卷首插圖（圖 15）在勾勒桃花仙人樣貌的同時，補述「鐵冠道人。道人於日向國霧島山頂之觀念窟坐禪，能駕雲乘風，使役陰陽五行之鬼神，能知千里外事，為蒼生除病如熱湯灌雪，迅速痊癒。人問其年，笑而不答。性喜桃花，故作桃花仙，又稱桃之翁[96]」，揭示桃花仙人應與雲居官藏的關連甚淺。那麼，桃花仙人的形象源何而來？插圖的「鐵冠道人」或可作為研討的線索。

在瞿佑《剪燈新話》〈牡丹燈記〉裡，喬生因鬼魅符麗卿糾

---

[93] 柳水亭種清：《假名反古一休草紙》第 16 編，第 9 葉右側。原文：日向の国霧島山へ分け登り、桃花仙人を師と頼み、難行苦行に禅理を磨き。

[94] 橘南谿：《東西遊記》（東京：有朋堂），1913，頁 265。原文：当時霧島山に一人の仙人有り、其名を雲居官藏といふ。もとは武士にて平瀨甚兵衛といひしが、聊不平の事ありて、官祿を捨て、世をのがれ、山奥に隠れて人にまみえず。

[95] 橘南谿：《東西遊記》，頁 266。原文：飛行自在其外種種の奇妙多し。

[96] 柳煙亭種久：《假名反古一休草紙》第 15 編，第 1 葉左側第 2 葉右側。原文：鉄冠道人。道人は日向国霧島山の絶頂観念窟に結跏趺坐し、能雲に駕し風に乗じ、陰陽五行の鬼神を役し、坐ながら千里の外を知り、蒼生の為に病ひを除くこと、雪に熱湯を灌ぐが如し、人其年を問ば、笑て答ず、好で桃の花を愛す、故に桃花仙という、又桃の翁と呼ぶ。

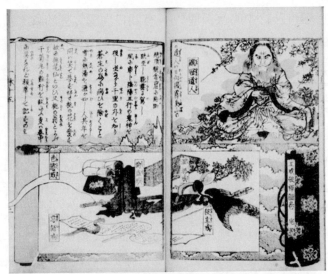

**圖15　柳煙亭種久《假名反古一休草紙》第15編
第1葉左側第2葉右側（早稻田大學圖書館藏）**

纏喪命，「是後雲陰之晝，月黑之宵，往往見生與女攜手同行，
一丫鬟挑雙頭牡丹燈前導，遇之者輒得重疾，寒熱交作。薦以功
德，祭以牢醴，庶獲痊可，否則不起矣[97]」。鄉民求助玄妙觀魏
法師，獲得「吾之符籙，止能治其未然，今祟成矣，非吾之所知
也。聞有鐵冠道人者，居四明山頂，考劾鬼神，法術靈驗，汝輩
宜往求之[98]」的建議。受託的鐵冠道人與童子下山，設壇燒符，
「忽見符吏數輩，黃巾錦襖，金甲雕戈，皆長丈餘，屹立壇下，
鞠躬請命，貌甚虔肅。道人曰：『此間有邪祟為禍，驚擾生民，
汝輩豈不知耶？宜疾驅之至。』受命而往，不移時，以枷鎖押女

97　瞿佑：《剪燈新話》（上海：上海古籍出版社，1993），頁109。

98　瞿佑：《剪燈新話》，頁109。

與生并金蓮俱到，鞭箠揮扑，流血淋漓。道人訶責良久，令其供狀[99]」。可知鐵冠道人隱居山頂，精通法術，能使役鬼神，責罰妖魅，與桃花仙人的形象相近，且名號相符。若考量〈牡丹燈記〉於江戶時代的普遍流傳，不排除秉受啟發的可能。事實上，〈牡丹燈記〉的深刻影響不僅只故事情節的借鏡模仿，角色名號、器物用品的挪用亦時有所見。《浮世一休廓問答》的尾聲即安排主角墨繪之助以牡丹燈籠照看骷髏口中的摺扇，強化場面的詭譎奇異。大正時代（1912-1926）的文豪芥川龍之介（1892-1927）在小說《杜子春》中，記述仙人鐵冠子對杜子春的試煉。由芥川龍之介的閱讀範疇推測，鐵冠子的道號或受〈牡丹燈記〉鐵冠道人的影響[100]。〈牡丹燈記〉作為廣受認知且仿作眾多的怪談異說，在桃花仙人的角色塑造上，應存在影響關係。

六、結語

　　《假名反古一休草紙》以一休禪師的生平為主軸，因篇幅龐大、情節繁雜，且歷經不同作者的書寫，部分支線未能妥善收束，著實可惜。然故事內容豐富，不僅巧妙串聯一休禪師的傳說軼事、禪學問答，在身世由來及週遭人物的交流上亦細加刻畫，展現相對完整的角色形象。同時，參酌讀者耳熟能詳的戲劇演出、文學素材，融合「苅萱道心」、《傾城阿波之鳴門》、《傾城反魂香》、《雙生隅田川》，涉及白狐報恩的熱門主題，完成貼合庶

---

[99]　瞿佑：《剪燈新話》，頁 110-111。

[100]　參見成瀨哲生：〈芥川龍之介の「杜子春」──鉄冠子七絶考──〉《德島大学国語国文学》2（1989），頁 28。

民喜好，夾帶奇幻色彩與表演趣味的作品。此外，插圖的靈活運
用拓展了一休故事的攝取，透露作者極力彙聚一休軼聞，建構集
大成之作的意圖。若對照柳亭種彥《浮世一休廓問答》，或存在
題材上的啟發借鏡，但後者另行塑造「浮世一休」、「二代地獄」
的嶄新角色，與《假名反古一休草紙》的內容大相逕庭。

　　再者，作品多處可見中國文藝的影響痕跡。鯉魚一軸與畫龍
點睛、一休乘鯉圖與琴高乘鯉、桃花仙人與〈牡丹燈記〉，雖未
蹈襲原作情節，亦不乏輾轉借鏡的可能，反映出中國典據為日本
文藝吸收內化，普遍傳播與接受的樣貌。作為通俗文藝的合卷，
間或夾雜異國色彩，揭示了近世文藝構成的複雜性。又，桃花仙
人的角色塑造或受〈牡丹燈記〉鐵冠道人影響的發現，間接補充
〈牡丹燈記〉的受容研究，有助理解 19 世紀文藝創作間的錯綜連
繫。根據前述的研討分析，嘗試勾勒作品間的關係圖示如下：

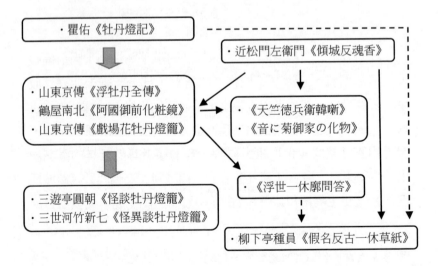

第五章　歌舞伎
《阿國御前化粧鏡》的當代演出

一、緒論

　　文化 6 年（1809）初演的《阿國御前化粧鏡》在 19 世紀中葉後逐漸沉寂，直到 1975 年 9 月，郡司正勝受國立劇場的委託，補綴監修原作劇本，復活睽違已久的演出。其後，國立劇場再於 2001 年 3 月以今井豐茂的腳本，上演《新世紀累化粧鏡》。兩劇大抵保留鶴屋南北的故事原貌，進行不同的增刪修改，展現各自的巧思與趣味。

　　鑑於內容皆涉及〈牡丹燈記〉的故事要素，有助連結歌舞伎《阿國御前化粧鏡》、合卷《天竺德兵衛韓噺》（1833）、合卷《御家のばけもの》（1839）的傳承脈絡，故本章將以當代的兩度演出為材料，簡述內容差異、觀賞效果，並關注「牡丹燈籠」於不同劇本中的功能，斟酌〈牡丹燈記〉的影響痕跡。同時，也將留意嶄新戲劇要素的融合，確認劇作家的意圖與整體成效。期望藉此釐清《阿國御前化粧鏡》的演出變遷與各時期的獨特性。

　　在論述展開前，簡單介紹文本資訊。拙論據《国立劇場歌舞伎公演上演台本》收錄《阿國御前化粧鏡》、《通し狂言新世紀累

化粧鏡:「阿国御前化粧鏡」より》,與國立劇場視聽室藏影像資料進行分析考察。

二、《阿國御前化粧鏡》(1975) 論析

郡司正勝在〈「阿国御前化粧鏡」の復活にあたり〉中指出,1975 年 9 月的公演配合主演中村歌右衛門,更動若干原作情節:①刪除天竺德兵衛的支線、②佐佐木家紛爭的背景化、③增添「帶解野之場」、④累與阿國御前的輪替登場、⑤幽靈阿國御前現身終場[1]。其中,序幕第一場的「伊吹山庚申塚之場」由狩野元信、銀杏、幼主豐若與婢女夏野的逃亡展開,將原作「佐佐木館之場」的家內紛爭,透過元信的「此次御家騷動,佐佐木家內分崩離析。阿國御前私藏再興家業不可或缺之家系圖一卷,在下巧心欺騙,終於入手。以此功勞獲賜主君之妹銀杏,並護幼主豐若,同行至此[2]」,簡略交代事件因果。同時,刪除原作中天竺德兵衛向那伽犀那尊者學習蝦蟇之術,造訪名古屋山三住所,奪取寶刀「飛龍丸」的相關情節。上述更動有助聚焦主線情節,並側面反映在當代演出中,「天竺德兵衛」的故事不必然成為召

1　參見郡司正勝:〈「阿国御前化粧鏡」の復活にあたり〉《国立劇場上演資料集》431,頁 37-40。

2　郡司正勝補綴:《阿國御前化粧鏡》,《国立劇場歌舞伎公演上演台本》(東京:国立劇場,1975),頁 7。原文:この度のお家の騒動、佐々木の家中はみな散り／＼、御家再興になくてはかなわぬ系図の一巻、隠し持ったるお国御前をおすかし申し、よう／＼にわが手に入りし功により、下しおかれし主君の妹、銀杏の前さま、まった嫡子豊若君を守り奉り、これまでお供いたせし……。

喚觀眾興趣的存在，與鶴屋南北因歌舞伎《天竺德兵衛韓噺》（1804）大獲好評，嘗試在《阿國御前化粧鏡》中延續戲劇人氣的考量，稍有不同。

再者，郡司正勝保留了原作「元興寺之場」中牡丹燈籠鮮明的存在感，並於段落結尾添加「帶解野之場」，展現沿襲與創新的共存。在鶴屋南北的「元興寺之場」中，阿國御前的婢女撫子手持牡丹燈籠，造訪元興寺地藏堂，透過與百姓的對談，說明「將此牡丹燈籠懸掛御堂，再攜回府，明夜亦前來供奉燈火[3]」、「如此，則將此牡丹燈籠懸於屋簷下[4]」。其後，狩野元信將家系圖藏入牡丹燈籠，待追兵遠去，忽見撫子拿取燈籠，連忙詢問「將持其燈籠往何處耶[5]」，獲得「此燈籠乃吾主人每夜供奉此處地藏之燈火[6]」的答覆。又，返回宅邸的撫子面對阿國御前詢問「託己心願、供奉神佛的牡丹燈籠，今夜亦取回否[7]」，稟告「已帶回祈願之牡丹燈籠，即在此也，重掛於往常屋簷下[8]」。可知，

---

[3]　鶴屋南北：《阿国御前化粧鏡》，收入《鶴屋南北全集》第 1 卷（東京：三一書房，1971），頁 299。原文：この牡丹の灯篭を御堂へあけて、また持て帰つて、翌の夜も御あかしあげに参りますわいなア。

[4]　鶴屋南北：《阿国御前化粧鏡》，頁 299。原文：さやうなら、この牡丹の灯篭は、この軒へ、カウ釣して。

[5]　鶴屋南北：《阿国御前化粧鏡》，頁 302。原文：その灯篭をどこへ持てござるのじや。

[6]　鶴屋南北：《阿国御前化粧鏡》，頁 302。原文：この灯篭はわたしが御主人様より、毎夜／＼この地蔵様へ御あかしを上ます。

[7]　鶴屋南北：《阿国御前化粧鏡》，頁 304。原文：自が心願こめし、仏へさ ぐる御灯の牡丹のとうらう、今宵もことのふ持帰つたか。

[8]　鶴屋南北：《阿国御前化粧鏡》，頁 304。原文：御心願の牡丹の灯篭、持帰りまして、則これに、又いつもの軒へ。

《阿國御前化粧鏡》以角色的言行舉動數度提及牡丹燈籠的存
在，並連結供佛祈願的信仰要素，賦予牡丹燈籠更多一層的意
涵。對照旨趣來源的山東京傳《浮牡丹全傳》，主角礒之丞見女
童「手持精美牡丹燈籠獨自前來[9]」，自述「妾乃鄰近宅邸侍奉之
童僕，今宵為迎靈之故參訪墓地，途中與友伴失散，年齒尚幼，
夜路總感駭懼，雖悉歸徑，唯恐獨返[10]」，遂伴其返家，見女童
「將彼牡丹燈籠懸於屋簷下，自己向屋內走去[11]」。此段記述對牡
丹燈籠的著墨相對簡略，雖與盂蘭盆節的迎靈習俗相互結合，惜
未能額外補充女郎花姬的心境。此外，倘鶴屋南北筆下的牡丹燈
籠寄託阿國御前的心願，或可理解阿國御前的亡靈在佛像的照射
下化為異形，「陰火燃升，竄起於燈籠四周。此時，燈籠碎裂，
牡丹花瓣片片掉落，一變為靈前的老舊燈籠[12]」的發展。牡丹燈
籠的毀壞象徵願望的破滅與生命的終結。郡司正勝對原作情節的
保留，不僅延續牡丹燈籠的豐富意涵，亦能烘托新劇中阿國御前
對狩野元信無以釋懷的情感糾葛。

9　山東京傳：《浮牡丹全傳》（東京：ぺりかん社，2003），頁 67。原文：
　　美麗つくりたる牡丹の花の灯篭を提て唯一箇来り。

10　山東京傳：《浮牡丹全傳》，頁 67。原文：妾は此近きあたりに宮仕し
　　はんべる者なるが、今宵靈迎の為其墓にまうでつるに、途中にて具し
　　たる人を見失ひ、幼身の夜道なれば何となく物おそろしうて、道の案
　　内はしりながら、独飯るになやみ候。

11　山東京傳：《浮牡丹全傳》，頁 67。原文：彼牡丹の灯篭を軒端にかけ
　　おきて、おのれは奥の方にゆきぬ。

12　鶴屋南北：《阿国御前化粧鏡》，頁 309。原文：心火もえ上り、とうら
　　うのあたりへ立のぼる。この時、灯篭くだけて、牡丹の花片はら／＼
　　と落て、古き仏前のとうらうとなり。

　　另一方面，在增添的「帶解野之場」中，阿國御前的亡靈以
年輕貌美的姿態現身，手持華美小扇輕撲流螢，在女郎花盛開的
月夜山野，優雅地騰空飛離。此段發想源自歌右衛門的「宙乘」
[13]，郡司正勝指出阿國御前「化作亡靈，觀眾深感驚恐，理之當
然。但倏然一變為美貌模樣，不正是鶴屋南北之趣味耶[14]」，可
知配合鶴屋南北的創作風格，添加嶄新趣味。對於此段情節的添
改，戲劇評價略有不一。土岐迪子讚賞「帶解野之場」誠然符合
女性的喜好，「尤其帶解野盡數匯聚滿月、女郎花、芒草、雁
聲、流螢、秋草與配樂鈴響[15]，觀賞後感受到睽違已久的心動」
[16]。堂本正樹肯定「帶解野之場」的吸引力，但指出「欲情的最
終如斯聖化後，第二幕（筆者注：「重井筒之場」）的存在實屬多
餘」，就戲劇的一貫性來說，不若完結於此[17]。「帶解野之場」的
唯美綺麗確能緩解「元興寺之場」的驚恐駭人，配合歌右衛門的
演出特長，發揮優秀的舞台效果。然考量第二幕中，阿國御前的
亡靈附身於累掀起連串悲劇；第三幕尾聲中，阿國御前的亡靈破
壞元信、又平等人重振家業的努力，「帶解野之場」的增添不免
為角色的情感轉折帶來些許違和。

13　郡司正勝：〈「阿国御前化粧鏡」の復活にあたり〉，頁 39。

14　參見土岐迪子：〈舞台づくり　阿国御前化粧鏡――昭和五十年九月国
　　立劇場――〉《国立劇場上演資料集》431，頁 50。

15　原文為「オルゴール」，是使用於歌舞伎演出中的樂器，由 3-4 個金屬
　　鈴鐺組成，多用於蝴蝶輕舞的場面。

16　參見土岐迪子：〈舞台づくり　阿国御前化粧鏡――昭和五十年九月国
　　立劇場――〉，頁 50。

17　堂本正樹：〈劇評　月の裏見――昭和五十年九月国立劇場――〉，《国
　　立劇場上演資料集》431，頁 59。

　　對照與本段演出相近的「遺骨匯聚之岩藤（骨寄せの岩藤）」[18]，在 1837 年 3 月江戶中村座首演的歌舞伎《櫻花大江戶入船》中，女官岩藤的枯骨於一年忌的憑弔下集聚成亡魂，自訴怨恨，一變為生前姿態，騰空飛去。其後，岩藤的亡靈兩度現身仇敵尾上的眼前，在佛像的威德下，最終碎散為骸骨[19]。1860 年3 月江戶市村座首演的《加賀見山再岩藤》是「骨寄せの岩藤」的代表作品。劇中因枯骨齊聚而現身的岩藤在佛像映照下消失蹤跡，隨後於櫻花盛綻的春景裡，「岩藤作賞花貌，手持陽傘，獨見蝴蝶兩三羽飛舞，輕撲小扇[20]」。《加賀見山再岩藤》繪本番付第 3 葉右側「多賀家馬捨場」的圖像描繪岩藤的宙乘姿態（圖1），與「帶解野之場」確有異曲同工之妙。由此或可揣測 1975年版《阿國御前化粧鏡》在亡靈數度登場的安排上亦受「骨寄せの岩藤」的影響。而相似的場景有助觀眾連結既有的鑑賞經驗，預測並理解阿國御前亡靈的再現。又，阿國御前的一瞬美貌隱含對年華消逝的遺憾，幻夢般的悠然映襯生命殞落的無奈。回顧重病的阿國御前在瀨平的寬慰下，期待病癒後造訪河畔、觀賞螢火，最終卻以「帶解野之場」的形式實現，誠然令觀者嘘唏不已。「帶解野之場」或有突兀之處，但充分展現役者特長，建構唯美夢幻的舞台，觸發觀眾的感動與惋惜，整體來說依舊瑕不掩瑜。

---

[18] 郡司正勝在〈「阿国御前化粧鏡」の復活にあたり〉頁 39 中指出，如何避開「骨寄せの岩藤」的賞櫻旨趣，營造嶄新趣味是「帶解野之場」的技巧所在。

[19] 參見渥美清太郎：《系統別歌舞伎戲曲解題》中（東京：日本芸術文化振興会，2010），頁 262。

[20] 吉村新七：《演劇脚本》第 2 冊（東京：吉村糸，1895），頁 14。

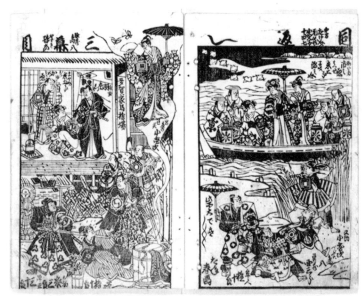

圖 1　《加賀見山再岩藤》繪本番付第 3 葉右側
（安政 7 年 3 月市村座。早稻田大學演劇博物館藏。
登錄番號：口 23-00001-1023）

　　最後，在「重井筒之場」中，遭阿國御前的骷髏附著毀容的累質疑小三與丈夫的親近。其後，阿國御前的幽靈現身揭穿小三實為狩野元信之妹繪合。郡司正勝指出在歌右衛門的提案下，新增累與阿國御前亡靈的交替登場[21]，「原作中阿國御前並未登場於第二幕。在其後的場幕中，累的幽靈極其活躍。以此表現秉受阿國御前附身的狀況[22]」。劇本亦見「推擠間，於屏風處與相同

---

[21]　參見郡司正勝：〈「阿国御前化粧鏡」の復活にあたり〉，頁 40。
[22]　土岐迪子：〈舞台づくり　阿国御前化粧鏡——昭和五十年九月国立劇場——〉，頁 54。

裝扮的阿國御前交替[23]」的明確指示。1975 年版的劇本修訂在數度參酌歌右衛門的演出經驗下，或更有助提升觀劇的趣味性，展現表演技巧上的用心。

又，全劇終場更改又平奪回「鯉魚一軸」的結局，安排阿國御前的亡靈現身，取得「鯉魚一軸」，並將銀杏懷抱的幼主變為石地藏，畫下懸而未決的故事句點。郡司正勝指出，國立劇場的戲劇尾聲多以喜劇收場，此次反體制的阿國御前打破了歷來慣例[24]。可知終場的翻轉為觀眾帶來預料外的驚奇，而阿國御前的反覆登場不僅強化角色的深刻執念，彰顯怨靈神出鬼沒的可怖，更呼應劇名《阿國御前化粧鏡》，體現阿國御前作為全劇核心的存在。

三、《新世紀累化粧鏡》（2001）論析

2001 年 3 月的公演在 1975 年 9 月的公演基礎上進行增刪。作品前半聚焦阿國御前與狩野元信的情感糾葛；作品後半著重累的犧牲與亡靈再現，其餘支線多有減省，整體結構清晰、故事節奏明快。值得關注的變化有：①「世繼瀨平內之場」的添筆、②「元興寺之場」的簡化、③「重井筒之場」的添筆、④小三身分的改換。

首先，序幕第二場的「世繼瀨平內之場」，可見舞台中央瀨

23　郡司正勝補綴：《阿國御前化粧鏡》，頁 93-94。原文：もみあううち、衝立にて、同じ扮装のお国御前と入れ替る。

24　參見上岐迪子：〈舞台づくり　阿国御前化粧鏡──昭和五十年九月国立劇場──〉，頁 55。

平的居所房簷下懸掛華美的牡丹燈籠。登場的瀨平簡單敘述佐佐木家的動亂與阿國御前迷戀狩野元信而犯不義之罪、潦倒落魄的處境，提及「今未有一人來訪，阿國御前猶思慕元信，其執念一變為仇怨，招致重病[25]」，「不知是否因患病之故，近日情緒更加惡劣，是以稍加寬慰，懸此牡丹燈籠[26]」，並做「觀牡丹燈籠介[27]」。此段安排補充御家騷動的背景，透過言語舉動引領觀眾留意牡丹燈籠的存在，並配合阿國御前的重病療養，寄予燈籠排憂解悶的功能。當阿國御前感嘆因病憔悴時，瀨平再度以「對了，請看其物。懸掛彼處的是小人為您準備用以祈求病癒之牡丹燈籠。不覺別有風情否[28]」，補充牡丹燈籠另有供佛祈願的意涵。若考量序幕第三場的「大和國元興寺之場」刪除撫子供奉燈籠於地藏堂前的橋段，2001 年的安排保留了原作相關要素，將其適當挪移至「世繼瀨平內之場」。而終場的阿國御前緊握流淌鮮血的落髮，留下「就此死去，何以安穩[29]」的遺言，告別人世。此時，牡丹燈

---

[25]　今井豊茂腳本：《新世紀累化粧鏡》（東京：国立劇場，2001），頁 8。原文：今は誰一人とて訪う者もなかりしかば、御前様には尚々もってその元信を恋焦がれ、そのお心が仇となり重き病に罹らせ給う。

[26]　今井豊茂腳本：《新世紀累化粧鏡》，頁 8。原文：病のゆえか、近頃では尚一層におむずかり遊ばす故、せめてもの御気散じと、掛け置いたるこの牡丹灯篭。

[27]　今井豊茂腳本：《新世紀累化粧鏡》，頁 8。原文：ト、牡丹灯篭を見て。

[28]　今井豊茂腳本：《新世紀累化粧鏡》，頁 12。原文：おゝそれ／＼、ご覧下さりませ。そこに掛けあるは、御前様のご病気平癒を祈願して用意致した牡丹灯篭。風情あるものではござりませぬか。

[29]　今井豊茂腳本：《新世紀累化粧鏡》，頁 20。原文：このまま死すとも何安穏に添わそうか。

籠起火燃燒，彷彿呼應阿國御前的生命消逝，並帶來陰森可怖、奇詭怪異的氛圍。牡丹燈籠對於故事情節的推衍或無絕對必要性，但作為吸引觀眾目光的道具，鮮明展現怪談傳統的繼承。

其次，「大和國元興寺之場」刪除狩野元信、銀杏、幼主與撫子相遇於地藏堂前的場面，意味跳脫〈牡丹燈記〉相關作品仿效「金蓮挑燈引領符麗卿造訪喬生住所」的偏好，將牡丹燈籠的多樣意涵集中呈現於「世繼瀨平內之場」。是以，序幕第三場的開端，可見元信於元興寺裏殿房間倚刀歇息，舞台左側的殿外是阿國御前的墳墓。隨後，元信清醒並自陳夢見阿國御前的臨終景象，無獨有偶地銀杏亦睹見相同夢境。驚詫之際，瀨平攜香花前來掃墓，元信與銀杏忽聞琴音，阿國御前的亡靈懷抱幼主登場，威脅元信重修舊好。情節的改動使得阿國御前死亡的可能成為元信、銀杏的共同認知，並透過瀨平的「因主人死於非命，故避人眼目，深夜參拜[30]」、「汝即阿國御前，夫人既已離世，源何在此[31]」，強調亡靈的不符常理。對照原作中元信一行與阿國御前重逢，未知對象生死，直至家僕又平揭示，「阿國御前於久世之里，其隱居處身亡。為祈死後冥福，安葬於荒蕪的大和國元興寺[32]」，2001 年的版本在情節轉折上稍乏驚奇，也取消〈牡丹燈

---

[30] 今井豐茂腳本：《新世紀累化粧鏡》，頁 23。原文：非業に倒れしお方なれば、人目を避ける夜更けの墓参。

[31] 今井豐茂腳本：《新世紀累化粧鏡》，頁 24。原文：あなたは阿国御前様、あなた様に既にこの世を去り給いしに、何故あって。

[32] 鶴屋南北：《阿国御前化粧鏡》，頁 307。原文：お国御前は久世の里、その隠れ家にて身まかり給ひ、御菩提所故、あれはてし大和なる元興寺へ、御葬送。

記〉裡，盡由第三者點破亡靈身分的安排。所幸，劇本依舊保留
阿國御前的亡靈化為枯骨的演出。在元信遭妖力擊倒，阿國御前
與銀杏陷入僵持時，又平自花道登場：

> 銀杏前：噫，其乃浮世又平。
>
> 又平：為探元信大人下落，又平前來至此。此處似有怪
> 異。
>
> （自懷中掏出以錦布包裹的觀音像）
>
> 又平：此物乃元興寺之觀音像。呀，以此佛像之威德。
>
> （前往正面舞台）
>
> 又平：日增院殿花山妙道大姊，怨靈退散。
>
> （以觀音像映照。太鼓響起，阿國御前作痛楚貌）
>
> 阿國：唉呀，著實可恨。那麼，事至於此，妾將詛咒作祟
> 以報冤仇。
>
> （適當演繹中，阿國御前之姿忽變為異形）
>
> 瀨平：呀，阿國御前的模樣。
>
> （太鼓響起，四方煙霧騰升，寺廟牆壁傾倒崩毀，瞬間化
> 作荒涼古寺。咚咚，阿國御前一變為骸骨之姿，元信再度
> 現身，一同目睹此景[33]）

---

33 今井豐茂腳本：《新世紀累化粧鏡》，頁 26-27。原文：銀杏前：ヤァそ
の方は浮世又平。又平：元信樣のお行方求めこれまで来たるこの又
平。何やら怪しいこの場の樣子、（卜懷中より袱紗に包みし観音像を
取り出し）又平：これなるはこの元興寺の観音像。いで、この尊像の
威德をもって、（卜本舞台にかかりて）又平：日增院殿花山妙道大

顯然，就演出效果來說，阿國御前的奇特轉變、元興寺的瞬間毀敗始終深受觀眾的喜愛，無論時代變遷、劇本改異，仍是「元興寺之場」的焦點。又，阿國御前的亡靈消失後，黑幕短暫籠罩，旋即接續唯美的「帶解野之場」，可知郡司正勝的創意在 2001 年的演出中同樣受到肯定。

　　再者，第二幕第二場的「重井筒之場」，累委身羽生屋助四郎，為丈夫又平籌措贖取「鯉魚一軸」所需的三百兩。2001 年的劇本新添又平前往井筒屋探訪妻子的場面。又平得知累與助四郎的婚事，質問「此為汝之真心乎[34]」。累謊稱，「誠真心也，一言不假[35]」、「過往雖迷戀於君，然今非昔比。君出身繪師世家，因嫌厭而於武家當職，侍奉之主家衰落，見君三餐不繼、潦倒悽慘，妾生不憫之心，遂招君為入贅女婿。但君全無丈夫之志，如今亦無力購買米糧。與君相守不若改嫁家財萬貫之助四郎，唯欲其財富也[36]」。又平顏面盡失，負氣離去。此段演出是歌舞伎典

姉、怨靈退散。（ト観音像を差し付ける。ドロ／＼となり、阿国御前、苦しきこなし）阿国：アヽラ、無念、残念やな。いでこの上は、祟りをなして怨み晴らさん。（トよろしくこなしある内、阿国御前の姿は忽ちに生なりの異形なる形となる）瀬平：ヤァ、御前様の御姿は、（ト大ドロになり、煙四方立ち上がり、寺の壁落ち零れ、一瞬にして荒寺の様子となり、トド、阿国御前は骸骨の姿となり、元信再び現れて、一同様子を見て）。

34　今井豊茂脚本：《新世紀累化粧鏡》，頁 65。原文：こりゃお前の本心か。

35　今井豊茂脚本：《新世紀累化粧鏡》，頁 65。原文：本心も本心、大本心じゃわいな。

36　今井豊茂脚本：《新世紀累化粧鏡》，頁 65。原文：以前は惚れに惚れ抜いたお前ではあったけれど、昔は昔、今は今、絵師の血筋に生まれ

型的「愛想盡」（Aiso Tsukashi），即女性為協助情人而隱瞞心意，提出斷絕關係的請求。其後，慘遭阿國御前亡靈附身的累持鐮刀追殺小三，於木津川堤為又平制止殺害，屍首拋入川中。又平自陳「為報移情別戀的憤恨而下手殺害累[37]」。遊女的「愛想盡」到「殺害」的旨趣，可追溯到近松門左衛門《心中天網島》（1721）的小春，並區分為協助男方而偽裝真心，及對不懷好感的對象傾吐心聲的兩種類型[38]。而「愛想盡」向來被視為觀劇的重點之一，即便至明治時代，1888 年 5 月上演於東京千歲座的三世河竹新七《籠釣瓶花街醉醒》，依然以遊女八橋謊稱別戀的無奈為最大亮點[39]。可知 2001 年的新增內容沿襲悠久的演出傳統，透過微幅添筆，巧妙改寫原作情節，提供更豐富的觀賞樂趣。此段變動推陳出新且毫無違和，著實優異。

最後，值得留意的是本劇將小三的真實身分更改為佐佐木賴賢之妹銀杏，而非原作中狩野元信之妹繪合。鶴屋南北與 1975 年的劇本中，累將取自助四郎的二百兩轉交小三與良助。卻在聽

ながら、それが嫌さに武家奉公、仕えた主家も落ちぶれて、喰うや喰わずの情けなき尾羽打ち枯らしたお前をば、不憫に思うてこの家へ入婿させた私なれど、男の意気地甲斐性無く、今日喰う米も買い兼ねるお前と二世を誓うより、金冷えする程金のある助四郎さんに鞍替えるは、ただその訳は金が欲しさ。

37　今井豊茂腳本：《新世紀累化粧鏡》，頁 76。原文：愛想尽かしの腹癒せにあの累めを。

38　參見古井戶秀夫：《歌舞伎登場人物事典》（東京：白水社，2010），頁 802。

39　參見古井戶秀夫：《歌舞伎登場人物事典》，頁 802。古井戶秀夫指出「在作為最精采場面的『愛想盡』中，台詞間飄溢著左右為難的苦楚與籠中鳥的悲哀」。

聞小三歡喜表示取得「鯉魚一軸」後,「兄長將回復身分,與銀杏堂然結為夫妻,妾亦能如願與金五郎成親[40]」,招來阿國御前的亡靈,附身訴怨「若有其金,四郎次郎元信將返領地,與銀杏結為夫妻耶[41]」、「噫,可恨也[42]」。2001 年的劇本中,小三欣喜「鯉魚一軸」與「月之御印」順利尋獲,「可正式實現與四郎次郎元信的夫婦誓約。著實開心,不勝感激[43]」。舞台傳來妖怪登場的鼓聲,在阿國御前亡靈的影響下,累脫口「噫,汝謂四郎次郎元信哉[44]」、「言此之汝,即佐佐木之妹銀杏[45]」、「噫,可恨也[46]」。隨後,阿國御前的骷髏覆上累的面容,毀其美貌,亂其心智,並針對小三連番指責,「汝實為情敵。深惡痛絕之銀杏[47]」、

---

[40] 鶴屋南北:《阿国御前化粧鏡》,頁 337。原文:兄上が元の御身になつて、銀杏の前様と、天下はれての女夫になれば、わらはも願ふて、金五郎様と。

[41] 鶴屋南北:《阿国御前化粧鏡》,頁 337。原文:その金があれば、四郎次郎元信様、本知へ帰つて、銀杏の前様とやらと、夫婦にならしやんすかへ。

[42] 鶴屋南北:《阿国御前化粧鏡》,頁 338。原文:エ丶、うらめしいなア。

[43] 今井豊茂腳本:《新世紀累化粧鏡》,頁 69。原文:四郎次郎元信様と晴れて夫婦の誓いが叶う。オ丶嬉しや、忝けなし。

[44] 今井豊茂腳本:《新世紀累化粧鏡》,頁 69。原文:何丶四郎次郎元信とな。

[45] 今井豊茂腳本:《新世紀累化粧鏡》,頁 69。原文:そう云やるそなたは、佐々木が妹、銀杏の前。

[46] 今井豊茂腳本:《新世紀累化粧鏡》,頁 69。原文:エ丶、恨めしい。

[47] 今井豊茂腳本:《新世紀累化粧鏡》,頁 71。原文:そなたこそ恋敵。怨み重なる銀杏の前。

「銀杏與四郎次郎何以廝守乎[48]」、「事至於此，將攜汝往冥土[49]」，手持鐮刀追殺小三。儘管原作安排累受阿國御前的亡靈影響，誤解小三與丈夫又平關係曖昧而萌生殺機，但 2001 年版的改動令阿國御前直接面對情敵銀杏，顯然更添戲劇張力，而人物關係的簡化也有助聚焦阿國御前的妒忌與怨恨。堂本正樹在評論 1975 年版《阿國御前化粧鏡》時，亦提出若按渥美清太郎的改編，「安排小三實為銀杏，金五郎實為四郎次郎，則情節亦流暢，仇恨的重心不也不會動搖嗎[50]」，則就觀劇的角度來看，調整小三的真實身分確有價值。

附帶一提，2001 年的劇本中，久病的阿國御前聽聞狩野元信與銀杏的消息，激動地打翻火鉢，導致面容毀損。在得知遭受欺騙後，極欲出門探詢元信的下落。此時，瀨平勸阻「您因先前的燒傷，容貌已慘不忍睹。請細加觀看其面容[51]」，將化粧鏡遞予阿國御前。鶴屋南北與 1975 年的劇本雖安排了瀨平的阻攔，卻是以「您如今的樣貌著實不堪入目。嗯，汝不見氣色憔悴慘淡否[52]」為由，在梳妝落髮前並未發生嚴重毀容的慘況。此處的細

48　今井豐茂腳本：《新世紀累化粧鏡》，頁 71。原文：銀杏の前と四郎次郎、何で二人を添わそうか。

49　今井豐茂腳本：《新世紀累化粧鏡》，頁 71。原文：いでこの上はお前から冥土の旅へ。

50　堂本正樹：〈劇評　月の裏見──昭和五十年九月国立劇場──〉，頁 60。

51　今井豐茂腳本：《新世紀累化粧鏡》，頁 17。原文：あなた様は最前の火傷にて見るも無残なそのお顔。とくとその御顔、御覧なされませ。

52　鶴屋南北：《阿国御前化粧鏡》，頁 297。原文：あなたは今のお姿が、見へませぬかいのふ。モシ、やつれ果たるみけしきが、お前の目にはかゝりませぬか。

節更動應受鶴屋南北的代表作《東海道四谷怪談》（1825）的影響。「四谷怪談」裡，阿岩服用鄰居伊藤喜兵衛餽贈的湯藥後面目全非，聽聞丈夫伊右衛門暗謀另娶喜兵衛孫女阿梅，意欲前往理論。按摩師宅悅勸阻「倘他人見此模樣，將疑汝神智狂亂。不僅姿態落魄，容貌更悽慘無比[53]」，指稱阿岩已成「世間罕見之醜女容貌[54]」、「其面容。噫，著實可憐[55]」。考量「世繼瀨平內之場」尾聲中，阿國御前手握湧現汩汩鮮血的落髮憤恨而死的橋段，成為日後「四谷怪談」的經典場面[56]，可知兩作間關係密切，易於劇作家的連結與借鏡。是以，2001 年版阿國御前的毀容為觀眾帶來顫慄恐懼的同時，也反映出戲劇作品交相影響的趣味。作為「四谷怪談」部分情節的原形，《阿國御前化粧鏡》雖曾風行一時，終不若「四谷怪談」在當代的普及，此處影響關係的翻轉值得留意。

---

[53]　河竹繁俊校訂，鶴屋南北著：《東海道四谷怪談》（東京：岩波書店，2015），頁 133。原文：其おすがたでござっては、人が見たなら気ちがひか。形りもそぼろな其上に、顔のかまへもただならぬ。

[54]　河竹繁俊校訂，鶴屋南北著：《東海道四谷怪談》，頁 132。原文：世にも見にくひ悪女のおもて。

[55]　河竹繁俊校訂，鶴屋南北著：《東海道四谷怪談》，頁 131。原文：其マアお顔は。ハテ、気毒千万な物だ。

[56]　郡司正勝〈《阿国御前化粧鏡》解說〉（《鶴屋南北全集》第 1 卷，東京：三一書房，1971，頁 490）、大久保忠国〈鑑賞 阿国御前〉（《国立劇場上演資料集》431，2001，頁 33）均提及「世繼瀨平內之場」是「四谷怪談」中阿岩梳髮場景的原形。

四、結語

　　提起〈牡丹燈記〉的歌舞伎作品，多數觀眾熟悉的莫過於改寫自三遊亭圓朝落語的《怪異談牡丹燈籠》，但透過對鶴屋南北《阿國御前化粧鏡》的反覆研討，不僅可見〈牡丹燈記〉經典要素的巧妙運用，融合歌舞伎《天竺德兵衛韓噺》、幽靈累的傳說故事，創作出情節曲折、內容充實的佳作。配合不同時期的演出考量，亦呈現別具新意的獨特風采。尤其，就牡丹燈籠的道具使用來說，《阿國御前化粧鏡》在照明之外，增添藏匿家系圖、供佛祈願的功能，2001 年版更有排憂遣懷的期許。牡丹燈籠的頻繁出現，強化觀眾的印象，突顯作為怪談象徵的存在感。縱使脫離〈牡丹燈記〉中，侍女以雙頭牡丹燈引領符麗卿與喬生相識的典型，但歷年的改寫與搬演，卻賦予牡丹燈籠更豐富的意涵，成為戲劇的鮮明亮點。

　　再者，1975 年與 2001 年版的演出刪減繁雜支線，簡化故事背景，成功將戲劇重心挪移至阿國御前的怨念與累的不幸遭遇，兩者由同一化粧鏡連結，完美扣合作品標題。若說鶴屋南北曾以自身名作《天竺德兵衛韓噺》豐富《阿國御前化粧鏡》的趣味，提高作品的關注度，則當代劇作或為彰顯《阿國御前化粧鏡》的獨特性，刪除了相對著名的天竺德兵衛故事。又，透過「帶解野之場」與阿國御前容貌盡毀的添筆，帶來驚奇的鑑賞效果，也補充阿國御前的留戀與不甘，強化觀眾對角色心境的認識與理解。此外，「愛想尽」的添加貼合原作脈絡，並提升角色情感的衝突性與戲劇張力，是值得肯定的修改手法。

　　整體而言，當代演出充分把握《阿國御前化粧鏡》的故事主

軸，透過適當的裁剪與嶄新元素的融合，創作出更具娛樂性的優秀作品，而對〈牡丹燈記〉要素的保留也連結了兩作與中日文藝交流的漫長歷史。

結　論

　　成書於 14 世紀的《剪燈新話》深得讀者喜愛，不僅有中國的仿作《剪燈餘話》、《覓燈因話》，日本的《伽婢子》、《雨月物語》，更有朝鮮文臣金時習的《金鰲新話》[1]、越南文人阮嶼的《傳奇漫錄》[2]，共同構成東亞文化圈內豐富的影響面貌。收錄其中的〈牡丹燈記〉，歷經翻譯、翻案、模仿、借鏡，更與江戶文藝的創作建立密切關連。

　　在前述章節裡，研討分析 19 世紀前期積極利用〈牡丹燈記〉趣向的數部作品，並延伸考察 19 世紀後期的相關影響與當代的戲劇演出，嘗試在填補前行研究空缺的同時，勾勒出中日文藝交相運用、反覆創新的複雜樣貌。作為全書總結，在此將彙整故事特徵、作品類型、作者意圖的錯綜關係。

　　《浮牡丹全傳》雜揉中日典故，徵引多樣素材。在浮牡丹香爐與人物配置上參考歌舞伎《夏祭浪花鑑》[3]；礒之丞與女郎花

1　參見李福清：〈瞿佑傳奇小說《剪燈新話》及其在國外的影響〉，《成大中文學報》第 17 期（2007），頁 33。

2　參見李福清：〈瞿佑傳奇小說《剪燈新話》及其在國外的影響〉，頁 33。

3　參見清水正男：〈《浮牡丹全伝》をめぐって〉，《文学研究》50（1979），頁 93。

姬的故事融合〈牡丹燈記〉與謠曲《女郎花》[4]，鮮明反映山東
京傳對戲劇的喜愛。而書籍尺寸的選擇、目次插圖的印章圖譜、
牡丹詩文，透露京傳對作品形式的講究。作為讀本的《浮牡丹全
傳》，相較於本書其他研究材料，具備較高的知識性與文學性。

《戲場花牡丹燈籠》以合卷體例延續〈牡丹燈記〉的情節運
用，結局顛覆讀者預期，帶來意外的驚奇感。構圖秉受《阿國御
前化粧鏡》的演出影響，著重畫面整體的趣味性與精緻度。卷首
插圖與正文裡的牡丹要素鮮明，或因前作《浮牡丹全傳》的未完
之憾，挪用既有素材，豐富作品內容。儘管角色的性格刻劃不甚
突出，但故事緊湊、圖文俱佳，是挪用〈牡丹燈記〉趣向的優秀
小品。

《阿國御前化粧鏡》融合〈牡丹燈記〉、歌舞伎《天竺德兵衛
韓噺》、亡靈累的傳說，交織成多姿多彩的戲劇。其中，文化 1
年（1804）7 月於河原崎座初演的《天竺德兵衛韓噺》，既是鶴
屋南北的成名作，也是《阿國御前化粧鏡》的合作演員尾上松助
的代表作。《阿國御前化粧鏡》保留天竺德兵衛的異國妖術，配
合松助的特長，打造演出的亮點。此外，郡司正勝指出以阿國御
前替代《浮牡丹全傳》的女郎花姬，延續松助飾演中年女子因妒
變貌的系譜，且早於寬政 6 年（1794）4 月桐座演出的累，已獲
得「松助容貌於舞台變化之手法，誠奇妙也（松助の顔舞台にて
変る仕掛奇妙也）」（《歌舞伎年表》）的評價[5]。而僕役又平以佛
像映照阿國御前，令其化作骷髏的場面，或運用橘逸勢、紀之名

4　參見清水正男：〈《浮牡丹全伝》をめぐって〉，頁 95。

5　參見郡司正勝：〈《阿国御前化粧鏡》解說〉，《鶴屋南北全集》第 1 卷
　　（東京：三一書房，1971），頁 491。

虎死而復生的演出裝置[6]。在天明 4 年（1784）11 月桐座的《重重人重小町櫻》中，尾上松助飾演的橘逸勢由骸骨復生，其後再度化為白骨[7]。寬政 4 年（1792）、寬政 5 年（1793），松助以《競伊勢物語》的紀之名虎，於大阪、京都再現死骸復生[8]。橘逸勢的復生裝置由熟習木工的松助親自製作[9]，成為深受觀眾歡迎的驚奇演出。又，阿國御前附身累的情節或為展現松助擅長的怨靈演技[10]；又平於木津川擒抓鯉魚的尾聲則是尾上家的家傳技藝[11]。可知，歌舞伎的劇本內容與其表演性質密切相關，如何充分發揮演員的特長、迎合觀眾的喜好，攸關公演的成敗。《阿國御前化粧鏡》的多樣趣味揭示了鶴屋南北細膩的創作考量。

《阿國御前化粧鏡》的相關合卷《天竺德兵衛韓噺》、《御家のばけもの》再現公演樣貌，鮮明揭示「合卷攝取歌舞伎的世界為題材，以著名演員的肖像為登場人物的面容等，是與歌舞伎關係格外深厚的文類[12]」。尤其，封面圖像、卷首插圖的描繪對象取決角色飾演者的人氣；正文插圖時有如臨劇場的描摹，充分呈

6　參見古井戶秀夫：《評伝 鶴屋南北》第 1 卷（東京：白水社，2018），頁 771。

7　參見大久保忠国：〈鑑賞 阿国御前〉（《国立劇場上演資料集》431，2001），頁 35。

8　參見古井戶秀夫：《評伝 鶴屋南北》第 1 卷，頁 678。

9　參見古井戶秀夫：《評伝 鶴屋南北》第 1 卷，頁 676。

10　參見周萍：〈累からお岩へ──《東海道四谷怪談》のお岩の形成に関する一思考──〉，《歌舞伎》46（2011），頁 82。

11　參見郡司正勝：〈《阿国御前化粧鏡》解說〉，頁 493。

12　本多朱里：《柳亭種彦──読本の魅力》（京都：臨川書店，2006），頁 157。

現作為「正本寫合卷」、「役者名義合卷」的特色與閱讀樂趣。儘管故事缺乏獨創性，卻是理解 19 世紀《阿國御前化粧鏡》演出狀況的珍貴材料[13]。

　　《阿國御前化粧鏡》的當代演出，同樣體現對表演效果、演員特長的重視。1975 年 9 月的公演，「帶解野之場」的增添、累與阿國御前的輪替登場出自中村歌右衛門的提案[14]。前者帶來「宙乘」的舞台趣味；後者展現「早替」的戲劇技巧，試圖在尊重原作的基礎上，提供鑑賞的新意。2001 年 3 月的公演，保留夢幻唯美的「帶解野之場」，增添「愛想尽」的演出，藉由少許改動賦予作品更多的觀賞期待。

　　《浮世一休廓問答》借鏡〈牡丹燈記〉、一休故事、小野小町的「あなめ説話」，三者均見骷髏登場，反映柳亭種彥擇選題材的巧思與用心。在〈牡丹燈記〉的運用上，種彥挪借《浮牡丹全傳》、《阿國御前化粧鏡》的創意，營造文本後半內容的詭譎靈異。鑑於《浮世一休廓問答》原擬作讀本，種彥的讀本不僅與京傳的風格相近[15]，亦多參照其情節配置、角色塑造[16]，則仿效

---

[13] 佐藤悟：〈戲作と歌舞伎──化政期以降の江戶戲作と役者似顏繪──〉，《浮世絵芸術》114 卷（1995），頁 29，指出「正本寫合卷」作為演劇史的資料著實重要，但缺乏作者的創意。

[14] 參見郡司正勝：〈「阿国御前化粧鏡」の復活にあたり〉《国立劇場上演資料集》431，頁 39-40。

[15] 本多朱里：《柳亭種彥──読本の魅力》，頁 55，引用《日本古典文学大辞典》、《近世文学研究事典》說明種彥的讀本與前輩山東京傳的風格相近。

《浮牡丹全傳》的趣向實不意外。在《阿國御前化粧鏡》的攝取上，不僅呼應種彥的戲劇愛好、作品富含表演色彩，也突顯合卷與歌舞伎的密切關連。此外，種彥對插圖的細心講究，補充文字敘述的不足，帶來詼諧的閱讀意趣，誠然是部精采的作品。

　　《假名反古一休草紙》以一休禪師的生平為主題，融合軼聞傳說、時興戲劇，完成夾帶奇幻色彩的長篇作品。為了吸引讀者的長期關注，格外著重情節的曲折離奇、內容的豐富多彩，同時利用精緻的圖像補充相關典故與角色特徵。儘管作品因規模宏大、作者更替，故事結構略嫌鬆散，卻不乏張力十足的場面、跌宕起伏的發展。鮮明的戲劇特徵或受柳下亭種員與劇作家默阿彌（1816-93）的深厚交情[17]、柳水亭種清曾為默阿彌弟子的經歷[18]所影響。又，透過鐵冠道人與〈牡丹燈記〉、鯉魚一軸與《阿國御前化粧鏡》、一休禪師與《浮世一休廓問答》的連結，反映《假名反古一休草紙》與前述章節作品間盤根錯節的關係。另，清水正男指出，因《本朝醉菩提全傳》部分利用歌舞伎《夏祭浪花鑑》，《浮牡丹全傳》可視為《本朝醉菩提全傳》衍生構想而來[19]。《假名反古一休草紙》雖與《浮牡丹全傳》的主題、情節不甚相關，但以《本朝醉菩提全傳》為中介，亦可描繪出間接的連繫，展現

16　本多朱里：《柳亭種彥──読本の魅力》第 2 章、第 3 章中，考察柳亭種彥的讀本《近世怪談霜夜星》、《淺間嶽面影草紙》與山東京傳的讀本《復讐奇談安積沼》、《優曇華物語》、《桜姫全伝曙草紙》、《梅花氷裂》之影響關係。

17　參見河竹繁俊：〈種員及び種清と黙阿弥〉，《早稲田文学》261（1927），頁 164。

18　參見河竹繁俊：〈種員及び種清と黙阿弥〉，頁 165。

19　參見清水正男：〈《浮牡丹全伝》をめぐって〉，頁 98。

文藝構成的複雜性。

　　附帶一提，檢閱江戶時代的繪畫作品，時見骷髏幽靈的登場。畫師駒井源琦的〈骸骨與月圖（骸骨と月図）〉描繪骷髏手持燈籠佇立月下的景象。我妻直美主張此作「奠基於〈牡丹燈籠〉」[20]。堤祥子進一步揭示創作背景中，西洋解剖學與骨骼知識的流傳、描繪骷髏死相的「九相圖」於日本美術史上的確立[21]。〈牡丹燈記〉裡符麗卿的「粉粧骷髏」原貌，或順應時代潮流，在書籍插圖與戲劇展演的視覺效果助瀾下，備受大眾關注。

　　德國文藝理論家姚斯（Hans Robert Jauss）主張「一部文學作品的歷史生命如果沒有接受者的積極參與是不可思議。因為只有通過讀者的傳遞過程，作品才進入一種連續性變化的經驗視野之中[22]」。江戶文藝對中國小說的改寫，具體呈現讀者積極參與文本，修正、改變作品的過程。

　　《伽婢子》〈牡丹燈籠〉以翻案方式對中國小說進行日本化，奠定普遍傳播的基礎。《雨月物語》〈吉備津之釜〉變更符麗卿隨金蓮造訪喬生家宅的橋段，安排正太郎拜訪磯良的亡靈，建立男女主角經侍女引領於荒宅相會的情節模式。其後，《浮牡丹全傳》加入窺視者的跟隨、鬼魅的親睹，成為相關作品的仿效重

---

[20]　參見我妻直美、淺野秀剛、米屋優、藤村忠範、北川博子、読売新聞社編：《大妖怪展：土偶から妖怪ウォッチまで》（東京：読売新聞社，2016），頁73。

[21]　參見堤祥子：〈源琦筆《骸骨と月図》における骸骨・死体の表象〉，《岡山大学大学院社会文化科学研究科紀要》51（2021），頁41-59。

[22]　漢斯・羅伯特・姚斯著，周寧、金元浦譯：《接受美學與接受理論》（瀋陽：遼寧人民出版社，1987），頁24。

點。在《阿國御前化粧鏡》、《戲場花牡丹燈籠》的借鏡之外，《浮世一休廓問答》亦參照後半內容，結合日本古典文學要素，完成別具新意的作品。儘管標榜「風流牡丹燈籠」，卻多運用《浮牡丹全傳》、《阿國御前化粧鏡》的趣向，實為〈牡丹燈記〉仿作的仿作。〈牡丹燈記〉的關連作品是對原作的接受、反思與再創，透過交互影響，呈現多彩的風貌，不僅延續、拓展故事的傳播，也建構出牡丹燈籠鮮明的怪談印象。

參考書目

一、傳統文獻

1、中文部分

〔唐〕藏川：《佛說地藏菩薩發心因緣十王經》，京都：京都大學附屬図書館藏本，1688 年刊本。

〔唐〕白居易著，謝思煒撰：《白居易詩集校注》，北京：中華書局，2006。

〔宋〕周敦頤著，董金裕註釋：《周濂溪集今註今譯》，台北：台灣商務印書館，2011。

〔宋〕蘇轍著，王雲五編：《欒城集》上，台北：台灣商務印書館，1968。

〔明〕瞿佑：《古本小說集成 剪燈新話》，上海：上海古籍出版社，1993。

〔清〕李漁：《無聲戲》，《李漁全集》第 13 卷，台北：成文出版社，1970。

2、日文部分

(1) 刊本

源信：《往生要集》，東京：早稻田大学図書館藏本，1640 年刊本。

作者未詳：《一休關東咄》，鶴屋喜右衛門板，東京：早稻田大学図書館藏本，1672 年刊本。

作者未詳：《一休和尚年譜》，永田長兵衛板，東京：国文学研究資料館藏本，1674 年刊本。

衣笠宗葛：《堺鑑》，東京：国立公文書館藏本，1684 年刊本。

淺井了意：《伽婢子》，東京：早稻田大学図書館藏本，1699 年刊本。

作者未詳：《一休可笑記》，松壽堂彦太郎板，東京：国文学研究資料館藏本，1705 年刊本。

也来編:《続一休ばなし》,東京:早稲田大学図書館蔵本,1731 年序。

秋里籬島:《和泉名所図会》卷 2,東京:国立国会図書館蔵本,1796 年刊本。

山東京伝:《浮牡丹全伝》,東京:早稲田大学図書館蔵本,1809 年刊本。

鶴屋南北:《阿国御前化粧鏡》,東京:東京大学国文研究室蔵本,1809 年刊本。

山東京伝:《戯場花牡丹灯籠》,東京:早稲田大学図書館蔵本,1810 年刊本。

柳亭種彦:《浮世一休廓問答》,東京:早稲田大学図書館蔵本,1822 年刊本。

夷福亭主人:《天竺徳兵衛韓噺》,東京:早稲田大学図書館蔵本,1833 年刊本。

無染居士:《道歌心の策》,東京:国立国会図書館蔵本,1833 年刊本。

山東京伝:《骨董集》上編,東京:早稲田大学図書館蔵本,1836 年刊本。

柳下亭種員、柳煙亭種久:《假名反古一休草紙》初編至第 15 編,東京:早稲田大学図書館蔵本,1852-1866 年刊本。

柳水亭種清:《假名反古一休草紙》第 16 編,東京:国文学研究資料館蔵本,1866 年刊本。

山東京伝:《本朝酔菩提全伝》,東京:早稲田大学図書館蔵本,出版年不明。

式亭三馬:《昔唄花街始》,東京:早稲田大学図書館蔵本,出版年不詳。

尾上梅幸:《音に菊御家の化物》,台北:台灣大學圖書館藏本,刊年不詳。

鴨長明:《無名抄》,筑波大学附屬図書館藏微卷,東京:東京教育大学附屬図書館蔵本,刊年不詳。

岩本活東子:《戲作六家撰》,東京:早稲田大学図書館蔵本,書寫年不明。

(2) 排印版

一休宗純著,森大狂編:《道歌》,《一休和尚全集》,東京:雄松堂,

1988。

上田秋成著，稻田篤信編著：《雨月物語精讀》，東京：勉誠出版，2009。

三遊亭圓朝：《怪談牡丹燈籠》，東京：岩波書店，2014。

山東京伝：《浮牡丹全伝》，《山東京伝全集》第 17 卷，東京：ぺりかん
　　社，2003。

山東京伝：《戲場花牡丹灯籠》，《山東京伝全集》第 9 卷，東京：ペリカン
　　社，2006。

山東京伝：《本朝酔菩提全伝》，《京伝傑作集》，《帝国文庫》第 15 編，東
　　京：博文館，1902。

近松門左衛門：《雙生隅田川》，東京：武蔵屋叢書閣，1891。

近松門左衛門著，鈴木義一編：《傾城阿波之鳴門》，《義太夫全集》，東
　　京：義盛堂，1901。

近松門左衛門：《傾城反魂香》，《近松名作集》，東京：河出書房新社，
　　1976。

並木宗輔著，渥美清太郎編：《苅萱桑門筑紫轢》，《日本戲曲全集》第 26
　　卷，東京：春陽堂，1931。

曲亭馬琴：《近世物之本江戶作者部類》，東京：岩波書店，2014。

曲亭馬琴：《伊波伝毛乃記》，東京：岩波書店，2014。

尾上梅幸：《御家のばけもの》，《正本写合卷集》9，東京：国立劇場調査
　　養成部芸能調査室出版，2012。

渡辺守邦校注：《一休ばなし》，《仮名草子集》，東京：岩波書店，1991。

淺井了意：《伽婢子》，《近代日本文学大系》第 13 卷，東京：国民図書，
　　1927。

柳亭種彦：《浮世一休廓問答》，《種彦短編傑作集》，東京：博文館，
　　1902。

柳亭種彦：《修紫田舎源氏》，《日本名著全集江戶文芸之部》第 21 卷，東
　　京：日本名著全集刊行会，1928。

柳下亭種員、柳煙亭種久：《假名反古一休草紙》初編至第 12 編，《釋迦八
　　相倭文庫》下卷，東京：博文館，1904。

鶴屋南北：《天竺德兵衛韓噺》，《世話狂言傑作集》第 2 卷，東京：春陽

堂，1925。

鶴屋南北：《阿国御前化粧鏡》，《鶴屋南北全集》第 1 卷，東京：三一書
　　房，1971。

鶴屋南北著，河竹繁俊校訂：《東海道四谷怪談》，東京：岩波書店，
　　2015。

橘南谿：《東西遊記》，東京：有朋堂，1913。

二、專書

1、中文部分

李樹果：《日本讀本與明清小說》，天津：天津人民出版社，1998。

漢斯・羅伯特・姚斯著，周寧、金元浦譯：《接受美學與接受理論》，瀋
　　陽：遼寧人民出版社，1987。

2、日文部分

大木康：《明清江南社会文化史研究》，東京：東京大学東洋文化研究所，
　　2020。

大庭脩：《江戸時代における唐船持渡書の研究》，吹田：関西大学東西学
　　術研究所，1967。

大庭脩：《舶載目録》，吹田：関西大学東西学術研究所，1972。

山口剛：《山口剛著作集》第 1 卷，東京：中央公論社，1972。

山口剛：《山口剛著作集》第 4 卷，東京：中央公論社，1972。

日本大辞典刊行会編：《日本国語大辞典》，東京：小学館，1972-1976。

日本国語大辞典第二版編集委員会編：《日本国語大辞典》，東京：小学
　　館，2000-2002。

日本浮世絵協會編：《原色浮世絵大百科事典》第 4 卷，東京：大修館書
　　店，1981。

双木園主人編述：《江戸時代戯曲小説通志：二篇後編》，東京：誠之堂書
　　店，1894。

太刀川清：《牡丹灯記の系譜》，東京：勉誠社，1998。

水谷弓彦：《古版小説挿畫史》，東京：大岡山書店，1935。

古井戸秀夫編：《歌舞伎登場人物事典》，東京：白水社，2010。

古井戸秀夫：《評伝　鶴屋南北》，東京：白水社，2018。

本多朱里：《柳亭種彦――読本の魅力》，京都：臨川書店，2006。

石崎又造：《近世日本に於ける支那俗語文学史》，東京：弘文堂書房，
　　　1940。

吉村新七：《演劇脚本》第 2 冊，東京：吉村糸，1895。

早稲田大學演劇博物館編：《演劇百科大事典》第 1 巻，東京：平凡社，
　　　1960。

伊原敏郎：《歌舞伎年表》第 5 巻，東京：岩波書店，1960。

我妻直美、浅野秀剛、米屋優、藤村忠範、北川博子、読売新聞社編：《大
　　　妖怪展：土偶から妖怪ウォッチまで》，東京：読売新聞社，2016。

佐藤至子：《江戸の絵入小説――合巻の世界》，東京：ぺりかん社，
　　　2001。

佐藤至子：《妖術使いの物語》，東京：国書刊行会，2009。

国立劇場記録課編：《歌舞伎俳優名跡便覧》，東京：日本芸術文化振興
　　　会，2012。

板坂則子：《曲亭馬琴の世界――戯作とその周縁》，東京：笠間書院，
　　　2010。

高橋則子：《草双紙と演劇》，東京：汲古書院，2004。

高田衛：《江戸文学の虚構と形象》，東京：森話社，2001。

服部幸雄、広末保、富田鉄之助編：《新版歌舞伎事典》，東京：平凡社，
　　　2011。

神奈川県立歴史博物館編：《横浜浮世絵と空とぶ絵師五雲亭貞秀》，横
　　　濱：神奈川県立歴史博物館，1997。

麻生磯次：《江戸文学と中国文学》，東京：三省堂，1955。

堤邦彦：《江戸の怪異譚》，東京：ペリカン社，2004。

渥美清太郎：《系統別歌舞伎戯曲解題》上，東京：国立劇場，2008。

渥美清太郎：《系統別歌舞伎戯曲解題》中，東京：国立劇場，2010。

渥美清太郎：《系統別歌舞伎戯曲解題》下の一，東京：日本芸術文化振興

　　　会，2011。

渥美清太郎：《系統別歌舞伎戲曲解題》下の二，東京：日本芸術文化振興
　　　会，2012。

橫山泰子：《江戶東京の怪談文化の成立と変遷：19 世紀を中心に》，東
　　　京：国際基督教大学博士論文，1994。

藤村作：《德川文学と武士生活》，東京：国史講習会，1922。

岡雅彦：《一休ばなし：とんち小僧の来歷》，東京：平凡社，1995。

Donald Keene 著，德岡孝夫譯：《日本文学史 近世篇三》，東京：中央公論
　　　社，2011。

三、論文

1、中文部分

丁奎福：〈《剪燈新話》的激盪〉，《域外漢文小說論究》，台北：台灣學生書
　　　局，1989，頁 157-169。

王三慶：〈日本漢文小說研究初稿〉，《域外漢文小說論究》，台北：台灣學
　　　生書局，1989，頁 1-27。

王文仁：〈從「剪燈新話」到「雨月物語」──中日文學的比較研究〉，《文
　　　學前瞻》4，2003，頁 1-19。

司志武：〈中日三篇牡丹燈記的對比分析〉，《日語學習與研究》第 148 號，
　　　2010，頁 115-122。

李福清：〈瞿佑傳奇小說《剪燈新話》及其在國外的影響〉，《成大中文學
　　　報》第 17 期，2007，頁 31-42。

陳慶浩：〈瞿佑和剪燈新話〉，《漢學研究》1988 年第 6 卷第 1 期，1988，
　　　頁 199-211。

喬炳南：〈「剪燈新話」對日本江戶文學的影響〉，《古典文學》第 7 期，
　　　1985，頁 781-808。

游娟鐶：〈韓國翻版中國小說的研究──兼以〈杜十娘怒沉百寶箱〉與〈青
　　　樓義女傳〉的比較為例──〉，《域外漢文小說論究》，台北：台灣學
　　　生書局，1989，頁 65-92。

劉金橋、葛春蕃：〈《牡丹燈記》在日本的流變及其本土化〉，《湖南第一師範學院學報》第 14 卷第 6 期，2014，頁 101-105。

2、日文部分

二村文人：〈《一休ばなし》と《一休関東咄》──俗伝文学の展開──〉，《国文学解釈と鑑賞》61-8（1996），頁 48-57。

大久保忠国：〈鑑賞　阿国御前〉，《国立劇場上演資料集》431（2001），頁 33-36。

小田幸子：〈小野小町変貌──説話から能へ──〉，《日本文学誌要》84（2011），頁 21-28。

小林幸夫：〈《一休諸国物語》──典拠を有する俗伝──〉，《国文学解釈と鑑賞》61-8（1996），頁 58-63。

大高洋司：〈《浮牡丹全伝》への一視点〉，《雅俗》4（1997），頁 50-61。

丸山怜依：〈《八重撫子累物語》をめぐって──読本抄録合巻試論──〉，《語文論叢》28（2013），頁 12-30。

山本和明：〈牡丹づくし：京伝《浮牡丹全伝》贅言〉，《日本文学》58-10（2009），頁 41-51。

山根為雄：〈《けいせい反魂香》の変遷〉，《国語国文》52-8（1983），頁 1-19。

山根為雄：〈《けいせい反魂香》興行年表〉，《芸能史研究》93（1986），頁 50-70。

土佐亨：〈柳亭種彦──一つの戯曲作者論──〉，《文芸と思想》33（1970），頁 29-42。

土岐迪子：〈舞台づくり　阿国御前化粧鏡──昭和五十年九月国立劇場──〉，《国立劇場上演資料集》431（2001），頁 41-55。

下房俊一：〈注解《七十一番職人歌合》稿（五）〉，《島根大学法文学部紀要・文学科編》13-1（1990），頁 23-38。

下房俊一：〈注解《七十一番職人歌合》稿（七）〉，《島根大学法文学部紀要・文学科編》15-1（1991），頁 39-55。

三輪京平：〈近世狐譚の趣向とその比較〉，《三重大学日本語学文学》26

（2015），頁 47-58。

千葉篤：〈「けいせい反魂香」について〉，《文学研究》50（1979），頁 57-71。

太刀川清：〈《牡丹燈記》考——その本邦受容に先立って——〉，《長野県短期大学紀要》51（1996），頁 121-129。

井上啟治：〈《浮牡丹全伝》論——昔咄・説話伝承と女人堕獄信仰——〉，《国文学研究》110（1993），頁 16-30。

石田元季：〈合巻物の研究〉，《日本文学講座》第 4 巻，東京：改造社，1933，頁 369-387。

本間直人、池間里代子：〈華麗なる牡丹文化——江戸の牡丹①《怪談牡丹灯篭》〉，《国際文化表現研究》8（2012），頁 273-286。

安貞愛：〈近松浄瑠璃における《隅田川》の変容——《双生隅田川》考——〉，《立正大学国語国文》47（2008），頁 103-113。

伊與田麻里江：〈《本朝酔菩提全伝》の価値〉，《文化継承学論集》8（2011），頁 23-36。

竹柴蟹助：〈《阿国御前化粧鏡》稽古日誌〉，《演劇界》33-11（1975），頁 13-20。

成瀬哲生：〈芥川龍之介の「杜子春」——鉄冠子七絶考——〉，《徳島大学国語国文学》2（1989），頁 20-29。

佐藤悟：〈解題 付役者名義合巻作品目録〉，《役者合巻集》，東京：国書刊行會，1990，頁 414-433。

佐藤悟：〈戯作と歌舞伎——化政期以降の江戸戯作と役者似顔絵——〉，《浮世絵芸術》114 巻（1995），頁 26-33。

佐藤深雪：〈《稲妻表紙》と京伝の考証随筆〉，《日本文学》33-3（1984），頁 26-37。

延広真治：〈怪談咄の成立——初代林屋正蔵ノート〉，《国文学：解釈と教材の研究》19-9（1974），頁 78-85。

松本健：〈一休が「し」の字を書いたこと——〈本当の話〉という伝承——〉，《日本語と日本文学》43（2006），頁 13-24。

河竹繁俊：〈種員及び種清と黙阿彌〉，《早稲田文学》261（1927），頁 164-

168。

金美真：〈種彦合巻《女模様稲妻染》と大津絵の趣向──三馬・京伝合巻
　　との比較を通して──〉,《日本文学》61-4（2012）,頁 53-62。

服部幸雄：〈さかさまの幽霊──恪気事・怨霊事・軽業事の演技とその背
　　景──〉,《文学》55-4,1987,頁 96-120。

周萍：〈累からお岩へ──《東海道四谷怪談》のお岩の形成に関する一思
　　考──〉,《歌舞伎》46（2011）,頁 77-92。

岡雅彦：〈一休俗伝考──江戸時代の一休説話──〉,《国文学研究資料館
　　紀要》4（1978）,頁 129-159。

岡雅彦：〈江戸時代一休関係著作年表〉,《国文学研究資料館紀要》8
　　（1982）,頁 267-289。

津田真弓：〈江戸戯作を泳ぐ鯉──琴高・端午・滝昇り・人魚・鯉掴み〉,
　　《鳥獣虫魚の文学史》4,東京：三弥井書店,2012,頁 296-314。

原道生：〈《双生隅田川》試論──お家騒動劇としての精密化──〉,《国
　　語と国文学》75-10（1998）,頁 1-14。

神楽岡幼子：〈江戸歌舞伎絵本番付考──安永期における展開──〉,《近
　　世文芸》52（1990）,頁 36-50。

郡司正勝：〈解説　阿国御前化粧鏡〉,《国立劇場上演資料集》431（2001）,
　　頁 15-21。

郡司正勝：〈「阿国御前化粧鏡」の復活にあたり〉,《国立劇場上演資料
　　集》431（2001）,頁 37-40。

細川清：〈けいせい反魂香試論〉,《大東文化大学紀要　文学編》6（1968）,
　　頁 69-79。

笹川臨風：〈国貞と国芳〉,《浮世絵大家集成》第 17 巻,東京：大鳳閣書
　　房,1931,頁 2-8。

堂本正樹：〈劇評　月の裏見──昭和五十年九月国立劇場──〉,《国立劇
　　場上演資料集》431（2001）,頁 56-61。

清水正男：〈《浮牡丹全伝》をめぐって〉,《文学研究》50（1979）,頁 91-
　　99。

菱岡憲司：〈馬琴読本における「もどり」典拠考〉,《読本研究新集》5,

東京：翰林書房，2004，頁 46-76。

許麗芳：〈叙述形式と価値意識の踏襲：《牡丹灯記》の伝播と改変に関する分析〉，《日本語・日本学研究》1（2011），頁 136-142。

渥美清太郎：〈解題 上演年表〉，《国立劇場上演資料集》119（1975），頁 7-10。

渥美清太郎：〈累もの全作品解題〉，《国立劇場上演資料集》119（1975），頁 26-35。

植木朝子：〈提婆達多の今様：《梁塵秘抄》法文歌の一性格（承前）〉，《同志社国文学》64（2006），頁 1-8。

富田鉄之助：〈解説 累百態〉，《国立劇場上演資料集》431（2001），頁 22-32。

森谷裕美子：〈近世演劇における狐：元禄期を中心に〉，《国文学研究資料館紀要・文学研究篇》45（2019），頁 183-200。

堤祥子：〈源琦筆《骸骨と月図》における骸骨・死体の表象〉，《岡山大学大学院社会文化科学研究科紀要》51（2021），頁 41-59。

湯淺佳子：〈趣向と世界——演劇・草双紙から読本への影響〉，《江戸文学》34（2006），頁 90-102。

飯塚友一郎：〈解説 天竺徳兵衛〉，《国立劇場上演資料集》248（1986），頁 48-51。

鈴木重三：〈京伝と絵画〉，《近世文芸》13（1967），頁 50-72。

鈴木重三：〈後期草双紙における演劇趣味の検討〉，《国語と国文学》35-10（1958），頁 137-149。

鈴木敏也：〈構成を中心として見た《本朝酔菩提》〉，《国文学攷》7（1938），頁 1-29。

鈴木堅弘：〈「趣向」化する大津絵——からくり人形から春画まで〉，《京都精華大学紀要》42（2013），頁 133-153。

鈴木堅弘：〈江戸の地獄絵と閻魔信仰〉，《別冊太陽：日本のこころ》264（2018），頁 84-87。

福田路子：〈歌舞伎の一休——並木正三作《一休ばなし》を中心に——〉，《国文学解釈と鑑賞》61-8（1996），頁 64-69。

鍛治宏介：〈近江八景詩歌の伝播と受容〉，《史林》96-2（2013），頁 251-287。

四、芝居番付與役者繪

一勇齋國芳：《花ぞのひめ　岩井粂三郎》（天保 3 年 8 月河原崎座），東京：早稲田大学演劇博物館藏本，1832 年刊。作品番號：100-9218。

《阿國御前化粧鏡》辻番付（文化 6 年 6 月森田座），東京：早稲田大学演劇博物館藏本，1809 年刊。登錄番號：ロ 22-00043-035：

《阿國御前化粧鏡》役割番付（文化 6 年 6 月森田座），東京：早稲田大学演劇博物館藏本，1809 年刊本。登錄番號：ロ 24-00007-001AF。

《阿國御前化粧鏡》繪本番付（文化 6 年 6 月森田座），東京：早稲田大学演劇博物館藏本，1809 年刊本。登錄番號：ロ 23-00001-0309。

《天竺德兵衛韓噺》役割番付（天保 3 年 8 月河原崎座），東京：早稲田大学演劇博物館藏本，1832 年刊本。登錄番號：ロ 24-00007-005AS。

《天竺德兵衛韓噺》繪本番付（天保 3 年 8 月河原崎座），東京：早稲田大学演劇博物館藏本，1832 年刊本。登錄番號：ロ 23-00002-0142

《加賀見山再岩藤》繪本番付（安政 7 年 3 月市村座），東京：早稲田大学演劇博物館藏本，1860 年刊本。登錄番號：ロ 23-00001-1023。

五、影像資料

鶴屋南北：《阿国御前化粧鏡》，1975 年 9 月公演，国立劇場視聽室藏。

鶴屋南北：《新世紀累化粧鏡》，2001 年 3 月公演，国立劇場視聽室藏。

鶴屋南北：《天竺德兵衛韓噺》，1986 年 1 月公演，国立劇場視聽室藏。

【《浮牡丹全傳》人物關係圖】

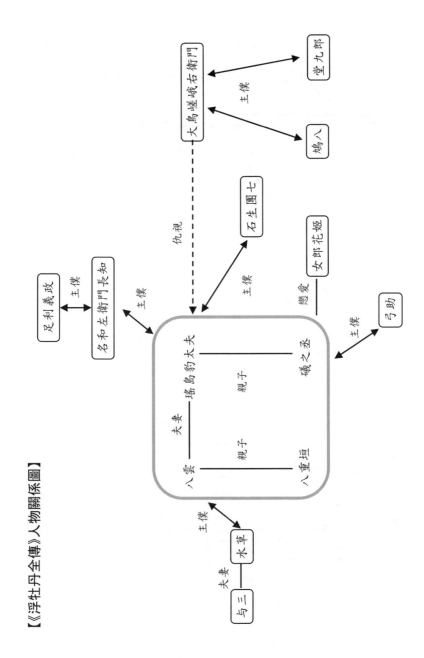

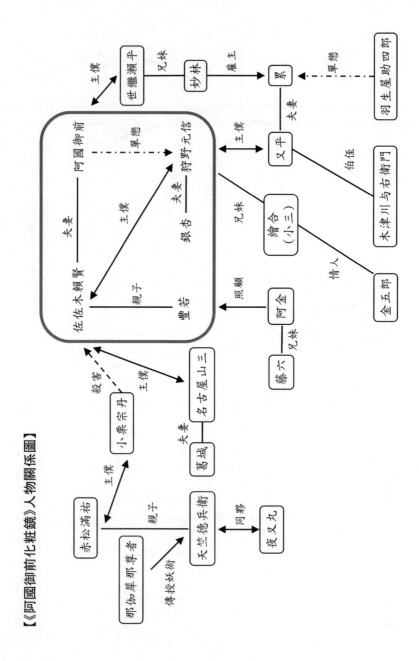

【《阿國御前化粧鏡》人物關係圖】

【《戲場花牡丹燈籠》人物關係圖】

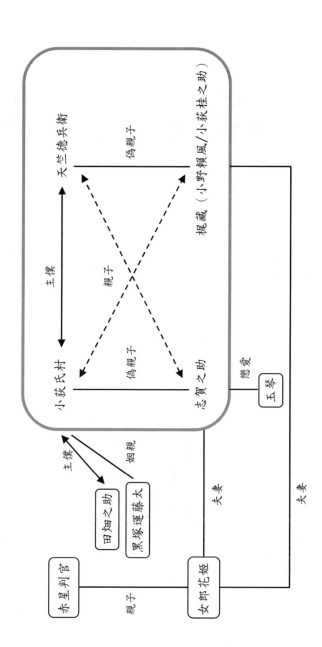

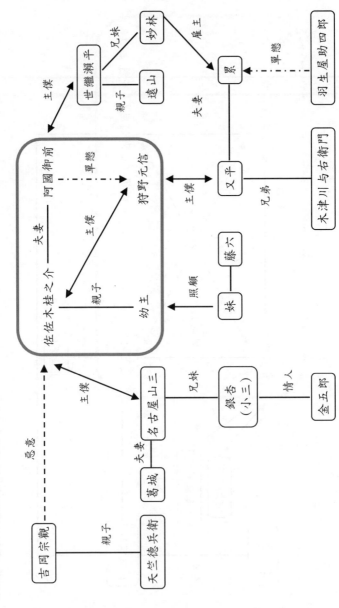

【《天竺德兵衛韓噺》人物關係圖】

【《御家のばけもの》人物關係圖】

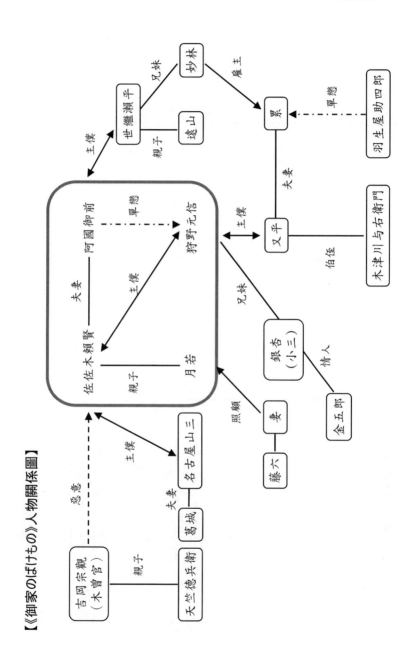

【《浮世一休廓問答》人物關係圖】

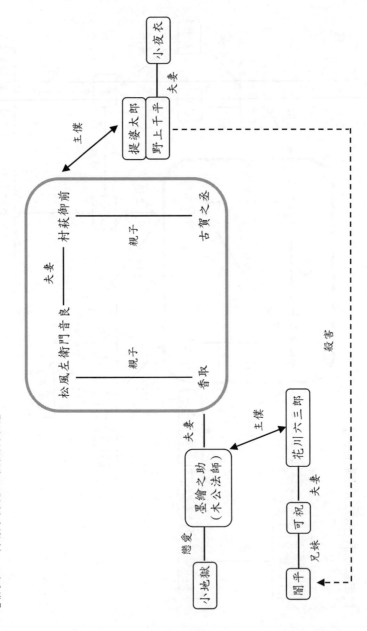

【《假名反古一休草紙》人物關係圖】

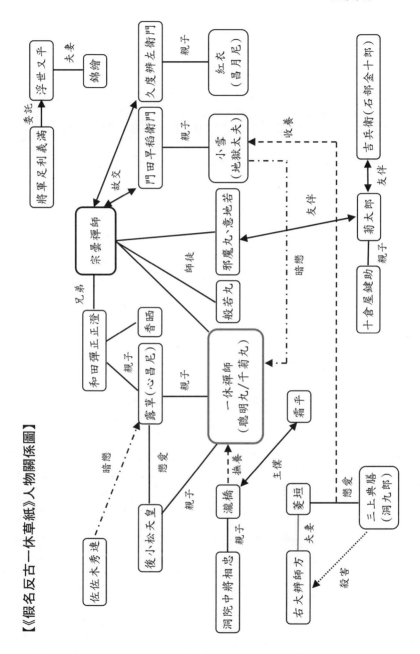

後　記

　　接觸江戶文藝轉眼十多個年頭，猶記得初次翻閱合卷《七組入子枕》時的震撼。泛黃的刊本穿越百年歲月靜置在特別閱覽室的桌面，華美的插圖不減絢爛，光彩奪目。驚訝於書籍的精緻小巧，更讚嘆翻案中國小說的成熟技法。中日文化的密切關連，使得中國文藝在異國土地上獲得嶄新的生命力，綻放出美麗的花朵。異域之華，是海洋彼端的漢籍受容，亦是繁花爭妍的改寫景象。而對於留學時期的自己來說，投入合卷研究似乎也是場命運般的邂逅。

　　合卷解讀是件勞心費時的工作。記憶裡，最初的逐字辨識，半葉內容要花上兩小時的苦思，完成率卻僅只六成。在經年累月的磨練下，耗時雖已大幅縮減，但身處教學、行政的壓力中，仍不免稍感焦慮。然而，透過文字的引領，總能為繁忙的日常開啟一扇通往古老世界的門扉，在江戶庶民多姿多采的生活樣貌、天馬行空的奇特想像中，忘卻煩擾。或許研究是條孤獨的道路，但沿途的景色風光亦將成為無可取代的體會。江戶文藝的美好，始終值得細細品味。

　　這本小書得以出版要感謝大木康教授、黃克武教授、陳良吉教授、古井戶秀夫教授與胡曉真教授在學術道路上的引領與教導，師長們的諸多苦心與鼓勵，成為我前行的勇氣。此外，感謝

父母的栽培與支持,感謝親友的關照與包容,陪伴我走過無數的挑戰。也感謝歷任助理在彙整研究資料、修正論文體例上的付出。本書部分篇章曾獲得科技部、日本台灣交流協會的經費補助,日本早稻田大學圖書館、日本早稻田大學演劇博物館、國立臺灣大學圖書館提供圖像使用許可,在此致上深深謝意。又,國立臺灣大學圖書館典藏豐富的江戶文獻,當中不乏未見於日本國內的合卷,值得進一步的解讀研討。最後,感謝中興大學中國文學系黃東陽主任的介紹與學生書局陳蕙文小姐在編輯期間的大力協助。

　　在新冠肺炎疫情尚未解除的此刻,期盼穿越國境、平安交流的未來早日到來。

蕭涵珍

2021 年 11 月 27 日

出處暨補助一覽

　　本作部分篇章曾發表於學術期刊與會議，或獲得研究經費的補助。成書之際，已另行修訂增補。以下為出處暨補助一覽。

緒　論　〈《剪燈新話》〈牡丹燈記〉的傳播與改編──從《浮牡丹全傳》到《戲場花牡丹燈籠》〉，《漢學研究》第 36 卷 4 期（2018），頁 143-146。

第一章　〈《剪燈新話》〈牡丹燈記〉的傳播與改編──從《浮牡丹全傳》到《戲場花牡丹燈籠》〉，《漢學研究》第 36 卷 4 期（2018），頁 146-174。

第二章　〈歌舞伎《阿國御前化粧鏡》及其衍生作品論析──兼及與《剪燈新話》〈牡丹燈記〉的關連〉，《成大中文學報》第 73 期（2021），頁 111-148。
　　　　科技部補助研究計畫編號 MOST 107-2410-H-005-008 成果。

第三章　〈「牡丹灯記」と一休説話の融合──柳亭種彥『浮世一休花街問答』について〉，發表於「2020 年度日本古典小説研究會大會」（2020 年 12 月 13 日）。

科技部補助研究計畫編號 MOST 108-2410-H-005-007
成果。

第四章　未發表

第五章　〈歌舞伎『阿国御前化粧鏡』にみる「牡丹灯記」の影
　　　　響〉，發表於「国際シンポジウム〈フレームの超域文
　　　　化学─フレームとしての古典─〉」，科学研究費基盤研
　　　　究（B）「中近世絵画における古典の変成と再結晶化
　　　　─話型と図様─」（2018 年 3 月 26 日）。
　　　　日本台灣交流協會 2017 年第 2 回招聘活動支助成果。

國家圖書館出版品預行編目資料

異域之華——〈牡丹燈記〉與江戶文藝

蕭涵珍著. – 初版. – 臺北市：臺灣學生，2022.01
面；公分

ISBN 978-957-15-1881-7 (平裝)

1. 文學評論 2. 中國小說 3. 日本文學

812   110020389

異域之華——〈牡丹燈記〉與江戶文藝

著　作　者　蕭涵珍
出　版　者　臺灣學生書局有限公司
發　行　人　楊雲龍
發　行　所　臺灣學生書局有限公司
地　　　址　臺北市和平東路一段 75 巷 11 號
劃 撥 帳 號　00024668
電　　　話　(02)23928185
傳　　　眞　(02)23928105
E - m a i l　student.book@msa.hinet.net
網　　　址　www.studentbook.com.tw
登記證字號　行政院新聞局局版北市業字第玖捌壹號
定　　　價　新臺幣三〇〇元
出 版 日 期　二〇二二年一月初版
I　S　B　N　978-957-15-1881-7